# LE MANOIR

Liam et la Carte d'éternité

Illustration de couverture : Studio Bayard

18 rue Barbès, 92128 Montrouge Cedex
ISBN : 978-2-7470-4497-4
Dépôt légal : mars 2013
Sixième édition

Loi n° 49-956 du 16 juillet 1949 sur les publications destinées à la jeunesse.

Évelyne Brisou-Pellen

# LE MANOIR

I

## Liam et la Carte d'éternité

bayard jeunesse

# 1

Quand le taxi s'arrêta enfin, je me sentis à la fois soulagé et oppressé. Le ciel était toujours aussi sombre, avec d'étranges nuages comme de la suie, formant au-dessus de nous un couvercle de plomb.

Nous nous trouvions au milieu de nulle part, sur un espace gravillonné cerné de grands arbres. Ce n'était pas ainsi que j'imaginais une maison de repos. Pas de voitures sur un parking (pas de parking, d'ailleurs), pas de malades en robe de chambre prenant l'air sur des bancs, pas de grandes baies vitrées donnant sur une pelouse. C'est le mot « manoir » qui me vint pour désigner ce que j'avais sous les yeux, écrasé par la noirceur du ciel.

Pour lutter contre l'anxiété qui montait, j'examinai la bâtisse et décrétai « XV$^e$ siècle » – sauf l'escalier, qui avait sans doute été ajouté après. Si je pouvais évaluer à peu près l'époque, c'est que ma mère était prof d'histoire et que j'avais passé mon enfance à visiter vieilles églises et châteaux en ruine.

Ici, on avait des tourelles dans les angles, un toit d'ardoise affaissé par l'âge, de la pierre, du bois et de la terre... Je reconnaissais là le choix de maman. Seulement moi, le style manoir poussiéreux, je le préférais dans les films.

Et puis j'aurais bien aimé qu'elle m'accompagne, ma mère. Ou mon père. Qu'ils ne me laissent pas affronter seul mon entrée en convalescence. C'était sans doute qu'ils avaient trop donné pendant ma maladie, mon séjour interminable à l'hôpital. Nuit et jour, ils s'étaient relayés près de moi, inquiétés pour moi. Maintenant que j'étais sauvé, la fatigue et l'angoisse accumulées avaient dû retomber, et ils relâchaient la pression.

Le chauffeur du taxi, un rouquin large d'épaules, ouvrit le coffre et me tendit ma valise :

– Allez ! Bonne chance !

Oui... Il ne proposait pas, lui non plus, de m'escorter. Il lança juste vers le manoir un drôle de regard et m'indiqua d'un geste définitif l'escalier.

Je traversai la cour avec pour seul accompagnement le crissement du gravier sous mes pas. Sinistre. Au-dessus de ma tête, les nuages étaient mouvants, on aurait dit qu'ils voulaient passer à l'attaque. Cela me décida à gravir les marches jusqu'à la grosse porte cloutée.

Je cherchai la sonnette, il n'y en avait pas. Le chauffeur était remonté en voiture, mais continuait à m'observer. Je lui adressai un geste d'impuissance, comme si l'absence de sonnette m'autorisait à repartir. Il me répondit en mimant de frapper.

Je remarquai alors que la patte de lion en fonte, que j'avais d'abord prise pour un ornement, était un heurtoir à la manière d'autrefois. D'une main hésitante, je m'en saisis.

« Boum boum... » Le bois résonna incroyablement, ce qui n'arrangea pas mon stress. Je dus me raisonner pour ne pas m'enfuir en courant.

Le chauffeur du taxi, estimant sans doute qu'il avait largement fait son devoir, redémarra en douceur et disparut dans l'allée. La voiture était un modèle de Porsche que je n'avais encore jamais vu et qui m'avait étonné quand j'y étais monté. Un taxi de grand luxe.

Ça ne remplaçait pas. Pourquoi mes parents ne m'avaient-ils pas amené eux-mêmes ? Était-il arrivé quelque chose de grave qu'ils ne voulaient pas me dire ? Je ne pouvais pas leur avoir passé ma maladie, le cancer ne s'attrapait pas comme la scarlatine !

La porte s'ouvrit... Pas sur une infirmière ainsi que je m'y attendais, mais sur un type assez vieux, sanglé dans un uniforme genre serviteur du XIXe siècle. Droit et digne, il faisait penser à Nestor dans Tintin. Un modèle ancien qui semblait ignorer le sens du mot sourire. Doutant que ma voix puisse franchir ma gorge, je réussis quand même à me présenter :

– Liam Anderson.

Le majordome (voilà que l'appellation me revenait) s'inclina :

– Je vous souhaite la bienvenue, monsieur.

C'était la première fois qu'on m'appelait « monsieur ». En tout cas, il était au courant de mon arrivée, car il enchaîna :

– J'espère que vous vous plairez ici, monsieur.

La porte d'entrée se referma derrière moi avec un bruit sourd, du genre à hanter les cauchemars. J'étais dans un grand hall carrelé de tomettes rouges et éclairé par des lanternes accrochées aux murs. Flippant, je ne trouvai pas d'autre mot.

En face, un escalier de marbre blanc, double (une volée en demi-cercle de chaque côté), assez large pour accueillir un défilé du 14 juillet. Au bas de chaque rampe, un dragon, gueule béante, me fixait avec vigilance. Je ne sais si c'était à cause d'eux, mais j'eus la pénible sensation d'être surveillé. Je fus pris d'un frisson qui, sur le moment, me parut excessif.

– Si monsieur veut bien me suivre...

Y avait-il un autre choix ?

On emprunta un couloir à gauche, puis le majordome posa la main sur une poignée de porte et exécuta de nouveau sa petite courbette :

– Si monsieur veut bien entrer, le docteur Roy va le recevoir.

Roy était-il le *roi* de cette étrange maison ?

La pièce me fit un effet de grisaille. Assis derrière un bureau encombré de papiers, le médecin-chef cadrait bien avec le décor : chauve sur le dessus, une bouille en pomme d'amour bordée d'un court paillasson de barbe blanche en bas et d'un balai-brosse de cheveux gris en haut. Il me contempla d'un air surpris, comme s'il ne s'attendait pas à me voir, alors qu'il était en principe prévenu de mon arrivée. Sans me quitter des yeux, il se leva, contourna le bureau et esquissa un geste vers moi. Pourtant il ne me toucha pas.

Tout était d'une franche bizarrerie ici, et je me demandais où ils trouvaient leur personnel : ces deux-là semblaient avoir l'âge de la retraite. Les jeunes préféraient sans doute se consacrer à des missions plus gratifiantes : sauver des malades, comme le docteur Baglon l'avait fait pour moi.

Je ne sais pas à quelle conclusion était parvenu le médecin-chef, mais il retourna s'asseoir sans même m'ausculter. Puis il chercha dans une boîte en bois posée sur le bureau, en extirpa une fiche et lut à voix haute :

– Liam. Quinze ans.

Ils avaient un service de renseignements vraiment prodigieux !

Roy m'observa d'un air paternel et demanda :

– Alors ? Que penses-tu de ta situation ?

Je fus pris de court.

– Ben... Je dois me reposer, c'est ce que dit ma mère. Et me remplumer, c'est ce que dit mon père.

– Et toi, que dis-tu ?

– Que j'ai hâte de revoir les copains et de retourner en classe.

Il eut un petit sourire qui n'anima qu'un côté de son visage. Comme il n'ajoutait rien, je tâtai le terrain :

– J'en ai pour combien de temps, ici ? Vous avez dû recevoir un mot du docteur Baglon.

– Hum hum... Le docteur... (Il fouilla dans un tas de papiers.) Ah, voilà ! (Il en sortit un de la pile.) Humhumhumhum...

Il lisait, et j'essayais de déceler à ses bruits de gorge si j'étais menacé de plusieurs mois de cellule ou si je pourrais retrouver les copains avant. Comme il avait la fenêtre dans le dos, la lumière me rendait la feuille transparente...

J'eus du mal à comprendre ce que je voyais. Ou plutôt ce que je ne voyais pas. Il n'y avait rien sur la feuille ! Elle était vierge !

Roy la glissa sous la pile et reprit :

– Comment te sens-tu ?

– En fait... très bien.

C'était vrai, j'en prenais conscience en le disant. J'étais oppressé par les lieux, mais je n'avais pas envie de vomir et je respirais normalement.

– Parfait, parfait, décréta Roy.

Et il se remit à feuilleter des documents, cherchant sans doute le vrai courrier de mon médecin. Je m'inquiétai :

– Pour les médicaments...

– Tu n'en as plus besoin.

Une grande bouffée d'oxygène m'emplit les poumons. Plus de médicaments ! Trop habitué à ce qu'on me mène en bateau, je vérifiai :

– Aucun ? Du tout ?

Parce que je connaissais les embrouilles du style : « Ça ne fera pas mal » ou « Il n'y en a pas pour longtemps »...

Il secoua la tête de manière catégorique :

– Du tout.

Pendant un moment, je ne respirai plus. Je n'arrivais pas à y croire. J'y croyais même si peu que je me demandais si je n'étais pas tombé dans une de ces sectes prônant des méthodes *révolutionnaires*, comme se passer du miel sur le petit orteil par une nuit de pleine lune pour guérir d'une tumeur.

Non, mes parents ne m'auraient pas envoyé dans ce genre d'endroit ! Finalement, c'est le soulagement qui reprit le dessus, même si ça défiait la logique. Je n'en pouvais plus de toutes ces saloperies qui me bousillaient l'estomac.

– Sois prudent, cependant, reprit le médecin. Tu ne dois toucher aucun des autres pensionnaires. Jamais, tu m'entends ! Autant pour ta sécurité que pour la leur.

Bon. Pour le peu de temps que je passerais ici, ce ne serait pas trop difficile. Et vu mon état de santé, je ne voulais prendre aucun risque.

# 2

Je sortis de là regonflé. J'avais l'impression d'être dans un de mes rêves les plus fous. Plus de médicaments ! Quand on connaissait la lourdeur des traitements que j'avais subis jusqu'à ce jour, c'était miraculeux. Et la seule contrainte était de ne pas toucher les autres !

Le majordome, qui m'attendait dans le hall, se plia aussitôt en deux :

– Si monsieur veut bien me suivre, je vais lui montrer sa chambre.

Allons-y ! Je volais littéralement. Je le suivis vers l'escalier, et les deux dragons de garde me parurent presque bienveillants. Pourtant, au moment où je passai entre eux, je perçus comme un vacarme souterrain auquel, tout à mon excitation, je ne prêtai pas vraiment attention.

La maison était beaucoup plus grande qu'on ne l'imaginait de dehors. À l'étage, on prit un couloir sans fenêtres, qui paraissait s'allonger à mesure qu'on marchait et où s'alignaient des portes en bois couleur bois, toutes identiques. Le vieux plancher, briqué à se voir dedans, reflétait la lueur des lanternes.

Tout semblait désert. Pas le moindre bruit. Aussi, je sursautai en voyant surgir devant moi une sorte de guerrier un peu effrayant. Visage énergique, cheveux noirs sur les épaules, vêtu d'une tunique rouge sans manches, doublée de la ceinture aux genoux par des lames de cuir. Sous son bras, il tenait un casque romain avec une crête en brosse dessinant un demi-cercle. Préparait-on une soirée costumée ?

M'apercevant, il adressa à mon guide un regard interrogatif. Je ne sus pas ce que répondit (tout aussi muettement) le majordome mais, en me croisant, le déguisé me toisa comme si j'étais une mouche et qu'il se demandait s'il devait m'écraser.

Il ne m'écrasa pas, il poursuivit son chemin sans un bruit – ses sandales à lanières de cuir n'en produisant aucun. De son ceinturon dépassait un genre de matraque double dont la chaîne était protégée par un boîtier. Déstabilisé, je soufflai :

– Qui est-ce ?

– Un pensionnaire, monsieur.

Lumineuse explication ! Puis le majordome posa la main sur la poignée d'une porte – couleur bois, évidemment :

– Votre chambre, monsieur. (Il me montra un clou planté à hauteur du regard.) Je vous conseille d'inscrire ici votre nom. Au début, les nouveaux se perdent.

Pardi ! On ne faisait rien pour leur faciliter le repérage ! Je regardai autour de moi avec anxiété :

– Je suis seul à cet étage... avec ce... « pensionnaire » ?

– Nullement, monsieur. Mais c'est l'heure de la sieste.

Le mot « sieste » m'acheva. Me raccrochant à la seule trace de vie des lieux, je m'informai :

– Comment vous appelez-vous ?

– Raoul, monsieur.

Eh bien, je n'aurais pas imaginé mieux. L'automate ouvrit la porte et s'inclina de nouveau pour me laisser entrer. Ce mouvement était sans doute un tic, parce qu'un homme de soixante ans ne se courbe pas devant un garçon de quinze. À moins que le garçon soit un prince. Ce que je n'étais pas.

– Je vous laisse, me dit-il.

Et il referma derrière moi.

La chambre était éclairée par deux grandes fenêtres, c'était son seul avantage, parce que tout le reste me plomba de nouveau le moral.

Premièrement, il n'y avait pas de télé, je serais obligé d'aller la voir dans un salon collectif et je n'aimais pas ça. On ne pouvait jamais choisir son programme !

Pour le reste, tout était d'une ringardise à pleurer. Une petite cheminée en marbre, une vieille commode, un lit en bois sculpté, un bureau et une chaise à pieds grêles. Plus une armoire assez vaste pour ranger les amples robes à crinoline qui veillaient autrefois à maintenir les filles à trois mètres des garçons.

Seule originalité : pas de portrait d'ancêtre aux murs. Tant mieux, j'y mettrais la photo de ma famille. Avec mes parents et mon petit frère Tom, je me sentirais un peu plus chez moi.

Je posai ma valise sur le bureau. Elle était parfaite dans le décor, en carton bouilli, complètement démodée, mais je l'adorais parce que c'était celle dans laquelle mon arrière-grand-père avait transporté des tracts pour la Résistance pendant la guerre. Je l'ouvris...

Je n'en crus pas mes yeux : elle était vide ! Entièrement vide ! La valise qui me suivait partout depuis ma première hospitalisation, l'indéfectible témoin de mes errances...

C'était le chauffeur de taxi qui m'avait tout piqué ? Le fumier ! Il fallait que je prévienne mes parents.

Je me rendis alors compte que je n'avais pas mon portable sur moi. Il était dans ma valise ! Et mon ordinateur aussi !

Le désarroi qui me tenaillait depuis mon arrivée se transforma en colère, et je ressortis dans le couloir, à la limite de l'implosion.

Raoul était toujours là, à quelques pas, à espionner. J'aboyai :

– Où y a-t-il un téléphone ?

– Un téléphone, monsieur ?

Sa politesse exagérée commençait à me porter sur les nerfs.

– Un téléphone, oui ! Il faut que j'appelle mes parents.

– Grand Dieu ! Mais nous n'avons pas cela ici, monsieur.

Ce fut comme si la foudre me tombait dessus. Pas de téléphone ? Je mis un moment à reprendre mes esprits :

– Alors je vais téléphoner d'une cabine. Je dois prévenir mes parents... que je suis bien arrivé. Où y en a-t-il une ?

Raoul eut une courte hésitation et répondit avec sa courbette habituelle :

– Vos parents sont informés de tout, monsieur, vous n'avez pas à vous inquiéter.

– Oui ? Eh bien ça m'étonnerait qu'ils sachent qu'on m'a chouré toutes mes affaires !

– Qu'on vous a... chouré... ?

– Piqué, volé, quoi ! Je n'ai plus de portable, plus d'ordinateur, et il faut au minimum que j'aille racheter des fringues !

– Des fringues...

Oh ! Il m'énervait !

Je tentai de me calmer. Avec ce genre de type, on n'obtenait rien par les cris. Je précisai :

– Mes parents ont dû laisser de l'argent pour moi. Je vais faire un saut en ville.

– En ville...

– Ou au village ! Il y a au moins un village, non ?

Le majordome semblait désarçonné plus que fâché. Finalement, il s'inclina selon sa bonne habitude et déclara :

– Tout cela s'arrangera, monsieur.

*Tout cela s'arrangera, monsieur.* Des claques, oui ! Il avait l'intention d'envoyer quelqu'un faire mes courses ? Hors de question d'acheter un jean sans l'essayer, surtout si c'était ce guignol qui le choisissait. Il fallait à tout prix que je joigne mes parents ! Et eux qui me laissaient des messages désespérés sur mon portable dès que je ne répondais pas dans la seconde ! Ils allaient être morts d'angoisse.

Que faire ?

# 3

« Vos parents sont informés de tout », avait dit Raoul. Cela signifiait sans doute que le chauffeur de taxi (le traître !) leur avait fait son rapport – incomplet évidemment – et qu'ils étaient rassurés parce que je ne risquais rien ici.

OK. S'il m'arrivait quoi que ce soit, on les préviendrait. Seulement, pas moyen de joindre les copains, ni par téléphone ni par mail ! Grrr...

Je me jetai sur le lit, les mains derrière la tête – ce que j'avais appris à faire pour me calmer depuis que j'étais malade. Le lustre était un cercle de fausses chandelles et, près de son attache posée de travers, se dessinait une grande marbrure ressemblant à un avion. Ce lustre m'intrigua soudain. Il portait de vraies chandelles !

Je me figeai un instant, puis me redressai d'un coup pour fouiller la chambre du regard. Il n'y avait pas de lampe, ni de chevet ni de bureau. Que des bougies ! J'examinai vite les murs partout, même derrière les meubles. J'eus du mal à le croire : aucune prise électrique, pas un interrupteur ! Non, je rêvais... Il n'y avait PAS L'ÉLECTRICITÉ !

J'eus l'impression affreuse d'être coincé, complètement coincé. Il n'était plus question d'attendre demain, je repartais tout de suite. Je repris ma valise et... là j'aperçus une inscription sur le côté : « Tepetralp ».

Il y en avait une aussi sur l'autre côté : « Yadatdysr » ! Qui avait pu écrire ça ? Le souffle court, je fixai alternativement les deux mots.

« Yadatdysr », « Tepetralp »...

S'agissait-il d'une langue étrangère ?

Mal à l'aise, je reposai la valise sur la table. Pas possible, j'étais en train de rêver... Pour me changer les idées, je regardai autour de moi. Près de la cheminée, il y avait une porte à laquelle je n'avais pas prêté attention. Je l'ouvris avec prudence.

C'était une salle de bains... à mourir de rire. Si j'avais eu envie de rire. Une cuvette de WC préhistorique, une baignoire d'avant-guerre (on se demandait quelle guerre) avec un unique robinet en cuivre. Pareil pour le lavabo.

Pas de miroir. Super pour débusquer les boutons.

Sur une tablette, une brosse à dents datant de la retraite de Russie, à manche d'ivoire et poils marron (crin de cheval ?) et un peigne à grosses dents (sans doute pour ce même cheval). Est-ce qu'il entrerait seulement dans mes cheveux ? Parce que j'en avais épais, des cheveux, les traitements ne les avaient pas fait tomber – j'en étais d'ailleurs si content que je refusais de les couper. Bon, je les garderais en queue... de cheval aussi. En plus, maman disait que *ça allait bien à ma blondeur*, qu'elle trouvait *remarquable* (j'étais le seul blond de la famille) et qui me donnait, à mon avis, un air fadasse. Les parents sont très indulgents avec leurs enfants.

Le peigne était transparent, et gravé à mon nom ! Je l'essayai. Il produisit une note, un *si* bémol. C'était du cristal !

À cet instant, un coup de tonnerre ébranla le manoir. Ce qui couvait dans le ciel depuis mon arrivée était en train d'exploser comme une marmite trop longtemps fermée. Je courus à la fenêtre. J'adorais l'orage. L'électricité dorée des éclairs renouvelait l'air de mes poumons et nettoyait les scories de mon corps (vocabulaire de malade chronique). Il y eut un long moment d'illuminations rageuses, de sourds grondements, de rouge et de jaune, et de noir, puis le vacarme se calma, et les nuages en embuscade sur le manoir décidèrent d'aller voir ailleurs.

Voilà, mon moral était meilleur. Avec le soleil, tout s'arrangerait. De toute façon, je n'avais pas beaucoup de temps à passer ici, inutile de stresser de nouveau mes parents avec mes petits problèmes.

Décidé à prendre les choses en main, j'enfermai ma valise et ses mystères dans l'armoire et entrepris l'inventaire des tiroirs du bureau. J'y trouvai une rame de papier à l'ancienne (un peu grumeleux, parfait pour le dessin) et des pastels de bonne qualité. Plus une gomme mie-de-pain. C'était la preuve que mes parents avaient laissé des instructions, car le dessin était mon passe-temps favori.

J'en profitai pour préparer une étiquette à mon nom. J'écrivis juste « Liam », puisqu'il semblait qu'ici on se fichait du nom de famille, et je l'entourai d'une guirlande de petits lutins.

Je commençais à me débrouiller en dessin. Quand on est cloué des mois au lit, on a le temps de faire des progrès.

On arriva au soir sans que rien ne bouge. Sacrée sieste !

Raoul revint enfin... et déposa sur le bureau un plateau-repas. Poulet-frites (ce qui m'était interdit depuis longtemps), cèpes rissolés, camembert et crumble à la framboise. Que des trucs que j'adorais ! Mes parents avaient fourni une liste de mes plats préférés. Qu'ils aient si bien tout organisé me réchauffa un peu le cœur. Déçu quand même de rester seul, je m'informai :

– Je ne mange pas avec les autres ?

– Pas aujourd'hui, monsieur, vous devez vous reposer.

– Quoi ? Mais où sont les autres pensionnaires ?

– Vous les verrez bien assez tôt, monsieur.

– Comment ça « bien assez tôt » ?

– C'est que certains vous paraîtront un peu... Enfin, vous verrez.

Ouh là...

Ce dernier échange ne me rassura pas du tout. Raoul sorti, je m'assis devant mon plateau, sans plus savoir que penser. J'aperçus alors près de l'assiette une boîte d'allumettes. Mon œil passa de la boîte aux chandelles au-dessus de ma tête. Si je voulais y voir clair, il fallait que j'allume les chandelles ? Eh bien... si mes parents apprenaient ça, eux qui avaient si peur des incendies ! Immobile, j'écoutai le silence. Et une nouvelle fois, j'eus l'impression de percevoir un vacarme lointain, sournois.

Enfin je me secouai, je montai sur une chaise et enflammai une à une les mèches. J'avais du mal à croire que je n'étais pas dans un rêve.

Je me pinçai… Rien ne changea.

C'était ma première expérience de *lueur des chandelles* seul dans une chambre. Eh bien, ça ne fait pas du tout veillée de Noël, ça flanque plutôt la trouille. Aussi quand j'entendis frapper à ma porte, j'eus une bouffée d'angoisse.

C'était le déguisé. Il observa ma coiffure d'un air inquisiteur et dit (textuellement) :

– Sais-tu qui a trahi ?

Wououh… Je secouai la tête pour assurer que non. En tout cas ce n'était pas moi, juré !

Il serra les lèvres puis grommela :

– Blond, aussi, ça m'étonnait.

Et il repartit, le pas martial.

C'est ainsi que finit ma première journée. J'avais la tête comme une pastèque et je me demandais où j'étais tombé. Oubliée, la bonne nouvelle concernant les médicaments, et ma confrontation avec le déguisé me faisait craindre qu'il y ait dans cette maison de convalescence une section psychiatrique. Je sortais de graves problèmes de santé, je n'avais aucune envie de me coltiner ceux des autres !

# 4

Le lendemain, je fus réveillé par ce que je crus être un cauchemar. Des hurlements assourdis, qui me glacèrent. Je ne savais plus où j'étais. Puis je découvris le chandelier au plafond, la tache d'humidité, et les souvenirs me revinrent. Sans me rassurer le moins du monde.

J'entendis alors un ronronnement de l'autre côté de la cloison. Je me levai et collai l'oreille au papier peint... décollé. Très drôle.

Le son venait en effet de la chambre voisine, une sorte de ronflement couinant, difficile à identifier. Ça démarrait, ça s'arrêtait...

Avant d'attraper des crampes dans le cou, je me décollai du papier peint décollé et jetai un coup d'œil dehors. Du gravier, de l'herbe et des arbres. Retour à la nature. Génial... Ah ! Les parents avaient fait fort !

Je passai mollement à la salle de bains. La vue de la baignoire fit remonter ma colère. Bien sûr, il n'y aurait que de l'eau froide !

Eh bien non, elle était tiède. Ce robinet antique était un mitigeur ! Ce détail, pourtant infime, me rasséréna.

Je me frottai avec un savon couleur de terre (qui devait être fabriqué dans les cuisines), et m'essuyai avec une serviette râpeuse mais d'une blancheur impeccable. Malgré la vétusté des lieux, l'hygiène était respectée. À la réflexion, tout était même luisant de propreté, la chambre aussi. Nickel. Je retirai ma médisance, ce n'était pas un manoir « poussiéreux ».

Je n'étais pas plus rassuré pour autant. Je regardai avec une certaine appréhension vers l'armoire où j'avais enfermé le problème de la valise. Je m'attendais presque à ce qu'elle ait disparu.

Et non, elle était toujours là. Je la ressortis et tentai de me concentrer sur l'énigme. « Yadatdysr », « Tepetralp »...

Et si je prenais les mots dans l'autre sens ? « Rsydtaday », « Plartepet »... Peu concluant.

Ou alors c'étaient des anagrammes. Latterppe, atterppel… Yaddytras, Dadystray… Dady voulait dire « papa » en anglais. C'est même ainsi que j'appelais le mien, qui était américain. Sauf qu'il fallait deux D au milieu.

Si je découvrais qui avait écrit ces mots, j'aurais peut-être une piste. Le chauffeur de taxi, pour me narguer, en piquant mes affaires ?

À moins qu'il ne s'agisse d'un code…

J'entendis une cavalcade dans le couloir et entrouvris discrètement ma porte.

Deux ombres passèrent… qui disparurent aussitôt. Et Raoul surgit devant moi. Ouh ! Il portait un pantalon noir sur un bras, une chemise blanche sur l'autre. Avec son habituelle courbette, il m'annonça :

– Votre tenue de rechange, monsieur, puisque vous en désiriez une.

C'était pire que ce que je craignais. Je ne savais pas où il avait trouvé ces frusques, mais la chemise était raide comme une mauvaise note, et le pantalon en tissu brillant, parfait pour accompagner un chapeau haut de forme – évidemment ma coiffure préférée.

Je me jurai aussitôt de laver moi-même mon jean et mon tee-shirt pour éviter cet accoutrement.

La tornade qui avait disparu dans le couloir revint en force, provoquant chez le majordome une mimique de claire désapprobation. Il préféra s'éloigner, la tête haute, et deux gamins pilèrent devant moi en claironnant :

– P'tit déj' !

Ouf ! Ils avaient l'air normaux.

Dans les dix ou onze ans. Short, chemise rayée et tongs, comme s'ils allaient à la plage. Vu leur ressemblance, ils étaient frères. Leur visage long, piqueté aux pommettes de taches de rousseur et sans grand relief me fit penser à des criquets. Le plus grand s'exclama :

– Ah ! On t'a fait le coup du pantalon !

– Oui… Je parie que Raoul les achète chez un brocanteur.

– Il les achète pas, c'est Fanny qui les fait.

Tandis que le petit observait avec intérêt les lutins sur ma porte, l'autre ajouta :

– T'as un drôle d'air.

– Comment ça, « drôle » ?

– Bizarre, quoi.

Bon, la richesse de son vocabulaire ne risquait pas de m'éclairer.

Le petit s'en mêla :

– T'as une sale mine.

Bravo pour le savoir-vivre. J'étais plus habitué à des : « Oh ! Mais il a bonne mine ! » (À la troisième personne, comme s'il était indélicat de s'adresser directement à moi.)

Remarquez que c'était du pur mensonge. Mieux valait peut-être la crudité (cruauté ?) des deux criquets. Content quand même qu'il y ait des gosses ici, je rétorquai :

– Je sors d'une galère de santé. Je m'appelle Liam.

– Pol, se présenta le grand. Avec un O.

– Jean-Charles, dit l'autre. Sans O.

Des rigOlOs. Je demandai :

– Vous n'auriez pas un mobile, par hasard ?

– Un mobile... pour un crime ?

Des rigolos. Je précisai en levant les sourcils pour signifier que j'étais sérieux :

– Un téléphone portable.

Le grand haussa les épaules :

– Il n'y a pas de téléphone ici.

– Ça, j'avais remarqué. Et des ordinateurs, il y en a, au moins ?

Ils ne savaient pas. Je commençai à m'énerver :

– Donc, pour se distraire, on a juste la télé.

Pol grogna :

– On aurait bien voulu en avoir une, mais c'est impossible, vu qu'il n'y a pas l'électricité.

Jean-Charles coupa court à l'enchaînement de mes déceptions en changeant de sujet :

– Alors c'est toi qui es arrivé hier ?

– Oui, pendant la sieste.

Il éclata de rire :

– C'était pas la sieste !

Il s'interrompit et s'empourpra, comme s'il avait fait une gaffe.

– C'était quoi alors ? articulai-je en rétrécissant les yeux pour l'impressionner.

Son frère regarda à droite et à gauche avant de souffler :

– Le sauve-qui-peut.

– Le... ?

– Quand un nouveau arrive, faut qu'on se planque, des fois qu'il serait dangereux. Le docteur Roy le teste et, après, il décide où il va... Mais toi, t'es pas dangereux, puisqu'il t'a gardé ici.

– Et où vont ceux qui posent problème ?

Les criquets échangèrent un regard effrayé.

– On sait pas.

Ils mentaient ! Purée ! Il y avait des psychopathes dangereux dans le coin !

# 5

Le petit déjeuner était à l'image du reste, surprenant. Sur des tables rondes couvertes de nappes brodées, les bols et les assiettes étaient tous différents. Seuls les criquets avaient des bols de forme identique, un rouge et un bleu, pleins de chocolat mousseux. Ils s'installèrent devant et se servirent des croissants qu'ils tartinèrent de beurre de cacao.

Je compris qu'on m'avait mis à leur table en y voyant la chope dans laquelle je prenais habituellement mon petit déjeuner. Qu'elle m'ait suivi ici me fit plaisir. J'avais aussi du chocolat – avec du pain grillé et du miel. Miam...

Le déguisé était assis à la table d'à côté, toujours dans la même tenue, mais sans le casque. Il piochait à la cuillère, dans une jatte de vin, des morceaux de pain qui surnageaient. En accompagnement, il disposait d'un bol d'olives et de figues. Chacun ses goûts.

Je chuchotai aux criquets :

– Qui est-ce ?

– Léonidas. Ne lui demande pas s'il a quelque chose à voir avec les chocolats, ça le fout en rogne.

– Et il n'y a pas intérêt à le foutre en rogne, ajouta le frère.

Je commentai dans un souffle :

– Pas intérêt, non, on dirait un catcheur. Moi, il m'a demandé si je savais qui avait trahi.

– Ouais, il est furieux parce qu'on lui a piqué ses piles.

Pardi ! C'était le chauffeur de taxi ! Si ce Léonidas avait une radio ou un rasoir dont il ne pouvait plus se servir, je comprenais sa colère.

À une autre table, une fille à peine plus vieille que moi (et qui mangeait... de la soupe aux choux) m'observait en douce. Fascinée par ma beauté fatale ? Jolie, blonde... et habillée en fée : longue robe cintrée, hennin pointu sur la tête. C'était bal costumé en permanence, ici ! « Certains vous paraîtront un peu... Enfin, vous verrez », avait dit Raoul. Eh bien je voyais !

Elle partageait sa table avec une jeune femme à chapeau genre pot de fleurs renversé sur une soucoupe, longue robe bouffant derrière et veste sanglée bien serré par-dessus.

Je ne me sentis pas très bien. Il n'y avait pas une petite section de psychiatrie, ici, mais une grosse ! J'espérais que le docteur Roy ne se trompait pas en triant les malades et ne laissait en liberté que les inoffensifs. Que cherchaient mes parents en m'envoyant ici ? À me présenter un échantillon de société ? Mon père était psy, ça devait être une idée à lui.

Un homme d'une trentaine d'années arriva à son tour, brun, pâle, n'ayant sûrement pas vu le soleil depuis longtemps. Celui-là devait être en convalescence comme moi. Il portait une tenue identique à celle qu'on m'avait proposée : chemise blanche et pantalon noir. Au passage, il m'adressa la parole :

– Tu es le nouveau ? J'espère que tu joues au poker.

– Euh... désolé, non...

Il eut un petit mouvement de tête déçu puis s'assit à la table du catcheur :

– Bonjour, Léonidas.

– Salut à toi, André.

Et il ne s'occupa plus que de sa tasse de thé, de son assiette de toasts grillés et de sa marmelade d'orange.

Je goûtai le chocolat avec méfiance... Bonne surprise : il était délicieux et juste chaud comme il fallait !

La femme au pot de fleur quitta la salle la première et, en passant près de moi, demanda timidement :

– Il ne fait pas trop froid dehors ?

Je répondis qu'à mon arrivée, non, ce qui sembla la rassurer. Quand elle se fut éloignée, je demandai aux criquets :

– Qui c'est ?

Ils pouffèrent :

– Fanny. Celle des pantalons.

Eh bien, vu son harnachement, ça ne m'étonnait pas.

– Elle a peur d'avoir froid en sortant ?

– Penses-tu, elle ne sort jamais. Elle t'a demandé ça parce qu'elle a peur pour sa fille.

– Ah bon ? Elle est où, sa fille ?

– Ça, on n'en sait rien.

En tout cas, Fanny était habillée comme en hiver, alors que les criquets étaient en short et en chemisette...

Dans le silence qui suivit, je me fis un petit bilan : la fée, Fanny la couturière d'un autre siècle, Léonidas le catcheur, André le convalescent – les trois premiers au moins ayant d'évidents problèmes de personnalité. Et celui qui me paraissait le plus redoutable était évidemment Léonidas.

Impressionnant, le gars. Et pas seulement à cause de ses muscles gonflés à l'hélium. Son allure, son regard...

Histoire de me concilier ses bonnes grâces, je lui indiquai :

– Pour vos piles, c'est peut-être le chauffeur de taxi.

Il fixa sur moi un regard énigmatique qui me mit encore plus mal à l'aise. Je finis mon chocolat sans un mot, et les criquets pareil... alors qu'eux n'étaient pas du genre à se tenir tranquilles.

D'ailleurs, ils ne restèrent pas moisir sur place. Ils se levèrent et filèrent en se frappant à coups de serviettes de table et en poussant des cris excités.

Au moment où je quittai la pièce, je me trouvai à la porte en même temps que le catcheur. Il l'avait fait exprès, car il me bloqua la sortie de son corps puissant et déclara :

– Malgré tes cheveux longs, tu n'es pas spartiate, n'est-ce pas ? Et tu es malade.

Je pensai d'abord qu'il me croyait fou, mais il voulait juste parler de ma santé physique, parce qu'il ajouta :

– Ce n'est pas à Sparte qu'on verrait des gringalets de ton espèce.

Super sympathique. J'avais les yeux à hauteur de ses pectoraux (qu'on voyait en relief sous sa tunique !) et je dus me forcer pour prendre un ton sarcastique :

– À Sparte, je suppose que personne n'est jamais malade.

– Bien sûr que non. Les enfants trop faibles sont jetés dans un gouffre dès leur naissance. Les autres, on les baigne dans l'eau glacée pour les tester.

Super, super cool. Il finit :

– Aussi, on n'a pas de gosses à peau diaphane et décharnés comme des arbres morts.

Merci pour moi. J'ironisai :

– Vous voulez dire que vous tuez les faibles pour qu'ils ne vous polluent pas le paysage ?

Il répliqua :

– Une cité a besoin d'hommes forts. Elle est mieux protégée par un mur de guerriers que par un mur de briques. Et de toute façon, un avorton ne passerait pas l'épreuve de l'adolescence, où il doit survivre seul pendant un an. Alors autant qu'il meure tout de suite. La cité ne peut se permettre de nourrir des freluquets incapables de la défendre.

De mieux en mieux. Je ricanai :

– Ah oui ? Mais s'il n'y avait que des guerriers, qui cultiverait la terre pour les nourrir ?

– Il y a des esclaves pour ça.

Génial ! L'idée d'une société composée uniquement de guerriers et d'esclaves faisait vraiment rêver... Retour à la préhistoire, où celui qui ne savait pas se battre risquait sa peau à chaque coin de rue – enfin, de bois – s'il tombait sur un tigre à dents de sabre ou un mammouth énervé. Le genre de civilisation du muscle qui avait mis des centaines de milliers d'années à découvrir le feu parce qu'il n'y avait pas de place pour les penseurs. Je rétorquai :

– Il faut vous tenir au courant, la guerre n'est plus affaire de force physique depuis longtemps. Les maîtres en sont aujourd'hui ceux qui fabriquent les bombes.

Il resta muet, à m'observer, sans que je sache ce qu'il pensait. J'en profitai pour passer dans le hall. Quelle idée d'argumenter avec un fou !

Ce gars se croyait spartiate... Sparte se trouvait en Grèce, j'y étais allé un été avec mes parents. Mais... c'était ça, son casque : celui des *hoplites*, les guerriers de l'Antiquité grecque ! D'ailleurs, Léonidas était le nom d'un roi de Sparte ! Il y avait au Louvre un tableau qui s'intitulait *Léonidas aux Thermopyles*.

Thermo...

Je venais de trouver le lien entre Léonidas et les piles ! Et les criquets qui croyaient que quelqu'un avait mis un « terme aux piles » !

N'empêche que ce malade avait le costume et tout. Et qu'il cherchait qui avait trahi !

Aux Thermopyles s'était déroulée une bataille, je m'en souvenais, mais dire entre qui et qui...

Par association d'idées, je repensais à mes études. Il serait temps que je les reprenne. J'en parlerais au docteur Roy. Il y avait sans doute moyen de suivre des cours ici, ou d'en prendre par correspondance. Mes parents avaient dû le prévoir.

Tous les convives avaient quitté le restaurant, et les tables étaient déjà débarrassées ! Discret et efficace, le personnel. Bien... Je devais parler au médecin-chef.

Mon regard fit le tour du hall. Débouchaient ici la porte d'entrée, celle du restaurant, l'escalier, et enfin la porte du couloir des bureaux, pile en face de moi. Thermopile en face.

Très drôle.

Il y avait aussi une porte entre les deux volées de l'escalier mais, sur le moment, je n'y prêtai pas attention. Ou bien je préférai faire comme si je ne la voyais pas.

# 6

J'étais plutôt doué : dans le couloir, je reconnus tout de suite la bonne porte. Peut-être parce qu'il était écrit dessus : « Docteur Roy ».

Je frappai. Aucune réponse.

J'abaissai doucement la poignée. D'accord, ça ne se faisait pas mais, avec ma maladie, j'avais un peu oublié le savoir-vivre, histoire de profiter au mieux des petits plaisirs qui passaient à ma portée.

À l'intérieur, personne.

Je remarquai qu'à droite du bureau, il y avait une porte que je n'avais pas vue la veille. Elle était entrouverte, et il en venait une étrange lumière colorée, comme celle d'un téléviseur. De plusieurs téléviseurs, vu son intensité ! Une salle de contrôle comme celles d'où l'on surveillait les couloirs de métro ou les rayons des grandes surfaces ?

Bien décidé à y jeter un coup d'œil, je refermai silencieusement la porte derrière moi et...

Aaah ! Le coup au cœur ! En me retournant, je vis le docteur assis à son bureau, recoiffant du bout des doigts ses petites touffes de cheveux gris. Quand j'avais frappé, il devait se trouver dans la salle lumineuse. Une bouffée de honte m'envahit, et je réagis en m'informant avec aplomb :

– Vous m'avez bien dit d'entrer ?

Lui :

– Hum hum...

Un vocabulaire d'une grande précision. J'avais poussé le bouchon un peu loin et je ne sus s'il me croyait ou non. Affichant l'air naturel du gars ABSOLUMENT PAS en faute bien connu de tout collégien, j'annonçai :

– Je voulais vous voir pour mes études. J'aimerais les reprendre.

– Hum hum...

– Mes parents ont dû vous en parler. J'ai perdu du temps et, maintenant que je suis en convalescence, j'aimerais le rattraper.

– Hum hum... En quelle classe es-tu ?

– J'ai fait ma troisième par correspondance.

Oui, dans les moments où la maladie me laissait un peu de répit. Malheureusement, je n'avais pas pu la finir ni passer le brevet. Ce qui ne m'empêcha pas d'ajouter :

– Je peux m'attaquer au programme de seconde.

C'est que je voulais mettre les bouchées doubles pour avoir vite le bac et aborder les études qui m'intéressaient vraiment. Mon projet était d'obtenir le diplôme d'État permettant de monter une agence de détective privé... enfin « enquêteur privé », comme on disait aujourd'hui.

Évidemment, ça ne commençait pas très fort : je venais de rater mon premier essai d'intrusion discrète.

À mon grand soulagement, le docteur Roy répondit :

– Je te trouverai un professeur.

J'y allai une nouvelle fois au culot :

– Pour mes études, j'ai aussi besoin d'un ordinateur.

– Ah. Je crains que ce ne soit pas possible. Tu es ici pour te reposer.

– Mais l'ordinateur ne fatigue pas !

Il me regarda sans un mot. Il n'avait pas complètement tort. Happé par l'écran, on oubliait souvent l'heure du coucher, celle de faire du sport, voire d'aller en classe, ou même un rendez-vous avec un copain. Il n'empêche que son mutisme m'énerva.

Puis il me demanda si je m'adaptais au manoir. Ne voulant pas avoir l'air du pauvre petit garçon paumé, je dis que ça allait. Je n'osai pas non plus lui parler du simili Spartiate, de peur de paraître intolérant.

En remontant à ma chambre, je cherchai du regard les caméras de surveillance. Je n'en vis pas. N'empêche, on nous faisait croire qu'on n'avait pas d'électricité, mais il y avait bel et bien des écrans dans l'annexe du bureau. Pas de téléphone, pas de télé, pas d'ordinateur, pas de lecture le soir à la lampe de chevet... pour que nous nous « reposions » ?

Et comment aurait-on chauffé cette grande bâtisse l'hiver ? Toutes les chaudières nécessitaient du courant ! Même au gaz ou au fioul, elles avaient un allumage électrique.

Je trouvai un attroupement devant ma porte. Les criquets, Fanny et André admiraient mes lutins. Je les avais représentés comme ces bouffons du Moyen Âge qu'on appelait des « fous ». Une prémonition...

Les criquets étaient restés tranquilles au moins une minute, c'était beaucoup pour eux. Ils repartirent au galop en imitant Zorro (ou son cheval, allez savoir). André s'éloigna aussi, et Fanny me dit d'une voix douce :

– Vos motifs sont très beaux.

– Merci, répondis-je. J'adore dessiner.

Elle était plutôt jolie, bien que dans le style démodé des portraits d'ancêtres. Son chapeau était orné de deux plumes, et ses cheveux châtains formaient derrière sa tête un savant chignon. Je demandai :

– Est-ce que je pourrais faire votre portrait ?

Oui... C'était une idée formidable de croquer ce que je verrais ici, puisque je n'avais pas d'appareil photo. À mon retour, je ferais ainsi à mes parents un récit illustré de mon séjour.

– Bien sûr, répondit Fanny d'un ton ému. Pourrais-je l'envoyer à ma fille ?

Je répondis que oui, en pensant en faire une photocopie. Il y avait sûrement une photocopieuse dans la pièce « branchée », toute administration en possédait une. Et ça me permettrait de visiter.

Fanny ouvrit la porte de sa chambre et, sans se décider à entrer, s'informa :

– Est-ce que le costume vous va bien ?

– Euh... (je ne l'avais même pas essayé). Très bien.

Sa chambre, la voisine immédiate de la mienne, lui ressemblait en plus modeste : pas de bureau, juste une chaise devant un drôle d'engin... Une machine à coudre à pédale comme chez les antiquaires. Le ronflement que j'avais entendu venait de là !

L'idée idiote m'effleura que, sur une machine aussi ancienne, on ne pouvait coudre que des fringues antédiluviennes. Je tentai :

– Vous n'avez pas de modèles de vêtements un peu plus... à la mode ?

– Mais ils sont à la dernière mode !

Laissons tomber. Je répondis avec une remarquable courtoisie :

– Ah... Je ne suis pas au courant des nouveautés, j'ai été longtemps malade.

Les bras serrés contre elle, l'air frigorifiée, elle me faisait pitié. Je proposai :

– Pour votre portrait, je viendrai dès que j'aurai un moment. Parce que pour l'instant j'attends mon prof.

– Bien sûr, bien sûr... (Elle me regarda avec un peu d'angoisse.) Concernant ma fille, savez-vous à quelle adresse je devrai envoyer le dessin ?

Jusque-là, à part son habillement, elle m'avait paru normale... Je décrétai :

– Nous verrons ça avec le médecin-chef.

Elle eut un nouveau frisson et, cette fois, je lui faussai compagnie.

Au moment où j'entrai dans ma chambre, la vue de ma valise me troubla de nouveau. « Yadatdysr »... « Tepetralp »... Il s'agissait peut-être de mots codés menant à un chiffre (un numéro de téléphone ?) Je transcrivis selon une méthode basique : A = 1, B = 2, etc.

Ça donnait : 25-1-4-1-20-4-25-19-18. Pas l'air d'un numéro de téléphone. Pareil pour l'autre : 20-5-16-5-20-18-1-12-16.

Je fus ramené aux réalités par des coups frappés à ma porte. J'ouvris avec prudence.

C'était un homme que je ne connaissais pas, il n'était pas au petit déjeuner. Les mains dans les poches, il annonça :

– Il paraît que tu veux suivre des cours de seconde. Je suis prof de physique, mais je peux aussi t'aider en maths et en SVT.

Simple et direct, très sympa. Par chance, il paraissait normal, et pas si vieux que je m'y attendais. Une petite quarantaine, brun, cheveux peignés en coup de vent, un peu voûté comme sous le poids des soucis, avec la légère bedaine de ceux qui ne surveillent pas leur régime. Il portait la chemise blanche et le pantalon noir typiques de l'endroit. Rassuré, je répondis :

– Ah ! Enchanté... Je dois vous prévenir, avec moi vous allez avoir du boulot.

Il eut un petit sourire :

– J'ai l'habitude. Un professeur est là pour ça. Sinon les bouquins suffiraient. Je m'appelle Christophe.

Il ne dit pas son nom de famille, j'en déduisis que je devrais l'appeler ainsi. De toute façon, avec un seul élève, la familiarité ne pouvait guère nuire à la discipline.

– Liam, me présentai-je. Et pour le français et l'histoire...

Il fit la grimace :

– Pour ça, je ne me sens pas de taille, non. Tu devras te débrouiller avec les livres de la bibliothèque. Mais ne t'attends pas à des ouvrages de première fraîcheur. Les plus récents datent du début du XX^e^ siècle. Enfin, pour Victor Hugo ou Balzac, ce sera bon...

Pfff... La seule bonne nouvelle dans tout ça était l'existence d'une bibliothèque. Je pourrais au moins emprunter des romans pour me distraire. *Victor Hugo ou Balzac...*

– Et internet ?

Christophe me brisa tout espoir :

– Il ne faut pas y compter. Maintenant, si tu veux me suivre...

Toujours les mains au plus profond des poches (c'était sans doute ce qui lui donnait l'air voûté), il m'entraîna dans le couloir.

On tourna l'angle, puis on prit un escalier. En montant, je lui avouai :

– Je m'attendais plutôt à un retraité. Vous êtes aussi en convalescence ?

– Euh... Oui, c'est ça.

Je ne sais pas pourquoi, sa réponse ne me parut pas franchement franche. Malgré les apparences, était-il aussi en section psychiatrique ?

# 7

La bibliothèque, qui nous servirait de salle de classe, était à peine plus grande que ma chambre, et à l'image de l'ensemble de la maison : XIX$^e$ siècle. Bois et cuir. Bois pour les étagères qui habillaient les murs du sol au plafond, cuir pour les dos des livres. Avec un énorme bureau (bois) de chaque côté duquel on s'installa devant des sous-mains (cuir) sur des fauteuils anciens (bois et cuir).

Il n'y avait aucun livre de physique ni de maths. Et le reste datait d'avant la guerre de 1914. Même les cahiers que Christophe m'avait dégottés étaient jaunâtres, avec des couvertures à illustrations guerrières portant comme légende : « LA GUERRE AU

TRANSVAAL». Pour les maths, j'en pris un qui montrait des soldats à casque colonial, veste rouge et pantalon bleu, en plein champ de bataille. Je n'avais pas vraiment le choix.

Pour écrire, je l'avais, le choix... entre un crayon et un porte-plume remontant à la jeunesse de mes grands-parents. Je me décidai avec prudence pour le crayon.

J'ignorais si Christophe avait des problèmes mentaux, mais c'était un bon prof. En quelques jours, il me fit revoir efficacement mes bases de troisième (ce qui pouvait à peine porter le nom de révisions, vu que je n'avais rien compris avant). Je commençais à goûter l'intérêt des cours privés : pas question de rêvasser, de bavarder avec son voisin, on avançait vite et bien, ce qui laissait du temps après pour se distraire.

Sauf qu'ici, les distractions, il fallait se les inventer. C'était essentiellement la lecture, avec le choix entre un auteur classique, un auteur classique et un auteur classique. La BD, inutile d'y compter. Finalement, je n'en fus pas si malheureux que je le craignais, je commençai à prendre un certain plaisir à la langue châtiée des anciens (même si, je l'avoue, je sautai souvent les descriptions).

Le problème était qu'il me manquait encore pas mal de matières. À commencer par le français et l'histoire-géo. Pour l'anglais, ça allait, puisque mon père était américain ; l'espagnol, je me débrouillais ; le latin, en revanche...

Quand je demandai à Christophe s'il pourrait m'aider, il commenta avec un rictus moqueur :

– J'ai dû abandonner en quatrième. Le prof avait marqué sur mon cahier : « Si les Romains avaient parlé de cette façon, ils n'auraient jamais réussi à vaincre les Gaulois et à leur imposer leur langue. » (Il rit.) Mais je vais te trouver quelqu'un.

Après le départ de Christophe, je restai à la bibliothèque pour faire mes devoirs. Je commençais à me décontracter. Dans ce drôle d'établissement, il y avait tout de même des personnes fiables.

Je n'en avais toutefois pas encore bien compris l'organisation. Par exemple, on n'était qu'une poignée à prendre nos repas au restaurant, et quand j'avais demandé à Christophe s'il préférait manger dans sa chambre, il avait d'abord hésité avant de répondre oui.

L'histoire et la géo, j'étais obligé de les étudier dans les livres de la bibliothèque. Or l'histoire s'arrêtait au début du XX^e^ siècle et était racontée de manière assez sidérante : il y était surtout question de guerres, et toujours entre les « bons » (les Français) et les « méchants » (les autres). Ma prof d'histoire en aurait eu les cheveux dressés sur la tête.

Quant à la géographie, elle parlait de « Cochinchine », de « Tonkin », et m'indiquait que l'Algérie, le Sénégal et la Côte-d'Ivoire étaient des colonies françaises. Autant dire que j'aurais des choses à rattraper en sortant d'ici. Sans parler de ce qu'enseignait le livre de géographie : « *Les populations nègres, particulièrement incapables, semble-t-il, de se gouverner elles-mêmes, livrées à toutes les atrocités d'un fétichisme stupide ou exploitées par l'islamisme corrupteur et cruel, ont tout intérêt à se voir soumises aux peuples chrétiens, qui du moins amélioreront leur sort*[1]. »

Eh bien... Si c'était ce qu'on enseignait aux jeunes de cette époque, en matière de racisme, on revenait de loin !

Je me demandai si les dictionnaires tenaient le même discours et jetai un coup d'œil aux rayonnages. Les livres ne se repéraient pas, comme dans nos bibliothèques, à leur taille et leur couleur, puisqu'ils étaient tous de présentation identique, avec un dos en cuir. Je dus me fier à l'épaisseur pour trouver ce que je cherchais.

Quand je posai le dictionnaire sur la table, il s'ouvrit tout seul sur la page... de « Léonidas » ! Une

1. Extrait du manuel « *Géographie – Atlas du Cours Moyen. Par les Frères des Écoles Chrétiennes* » encore en vigueur au début du XX^e^ siècle.

page visiblement consultée à plusieurs reprises. Par le malade du même nom, je le pariai.

*« Léonidas Ier, roi de Sparte. En 480 avant J.-C., lors de l'invasion des Perses, sentant l'impossibilité de se défendre en plaine contre des forces trop supérieures en nombre, il conçut le projet de se poster aux Thermopyles… »*

C'est là que la porte s'ouvrit :

– « Thermopyles » peut se traduire par « les portes chaudes ».

Léonidas ! Enfin, celui d'ici. Il avait déjà repéré ce que je regardais dans le dictionnaire. Il poursuivit :

– … Pour la raison qu'en revenant de Lerne, Héraclès s'y est lavé du poison de l'Hydre qu'il venait de tuer et que, depuis ce temps, les sources qui jaillissent de la falaise sont chaudes.

Il avait l'air d'y croire ! Moi, je songeai que c'était peut-être ça, le système de chauffage du manoir : des sources chaudes captées en sous-sol et qui alimentaient les robinets et des tuyaux passant sous les planchers.

Léonidas reprit :

– Ainsi, tu veux étudier le latin…

Je saisis alors la raison de sa présence :

– Euh… C'est vous le prof ?

Il parut offusqué :

– J'accepte de faire fonction de précepteur en l'absence d'autre personne compétente.

Je cherchai à le détendre en plaisantant :

– Je croyais que les Spartiates ne s'occupaient que de guerre.

Il répliqua avec un léger mépris :

– Le Spartiate sait lire, chanter et jouer de la flûte pour mener les armées au combat. Et il doit comprendre les langues barbares, s'il veut vaincre ses ennemis.

Il utilisait sans doute « Barbares » à la manière des Grecs, qui appelaient ainsi ceux qui ne parlaient pas leur langue. Il ajouta :

– Ne préfères-tu pas apprendre le grec ?

– Euh... Vous parlez latin ET grec ?

Il me regarda comme si je tombais de la lune :

– Je suis Léonidas, roi de Sparte !

– Ah... Oui, excusez-moi.

Quelle manie j'avais, de toujours le contrarier ! S'il avait poussé le mimétisme avec son personnage jusqu'à apprendre plusieurs langues anciennes, c'était tout à son honneur. Pas très enthousiaste, je glissai :

– Vous accepteriez d'enseigner à un « gringalet » comme moi ?

Il me considéra d'un œil inquisiteur :

– Tu es blond comme un Barbare et beaucoup trop maigrichon. (Il passa sur ce sujet, apparemment source de déception.) Néanmoins tu as raison sur un point : la force ne sauve pas de tout.

Il était donc capable de remise en question. J'abondai dans son sens :

– La loi du plus fort, c'est un peu primaire. En cas de conflit, rien ne vaut la négociation.

Il fronça les sourcils :

– Quand on envahit ton pays, tu ne négocies plus.

– Il n'empêche que s'il y avait plus de philosophes et moins de guerriers, on ne dépenserait pas l'argent à acheter des armes, on l'utiliserait plus intelligemment, et on vivrait mieux. Parce que l'idéal, c'est quand même que chaque être humain trouve le bonheur !

– Qu'est-ce que tu me chantes ? L'individu n'est rien, seule existe la CITÉ !

Il m'énervait de nouveau. Je protestai :

– La cité, c'est un homme, plus un homme, plus un. Autant de fois UN individu. De quel droit sacrifierait-on celui-ci à la survie de celui-là ? Et qui en déciderait ? L'honneur, le pays, la cité sont surtout des arguments pour envoyer les hommes se faire tuer. Si Sparte n'avait pas élevé ses enfants selon des valeurs guerrières, la vie y aurait été meilleure !

Léonidas me toisa de haut.

– Pour qui te prends-tu, petite larve ?

Il avait grandi de dix centimètres, et les muscles de sa poitrine avaient doublé de volume. Je pris peur. En un instant, je réalisai que je n'avais pas en face de moi un médecin à l'écoute, ni des parents compréhensifs, et que l'éducation à la spartiate ne comprenait sûrement pas le dialogue et encore moins l'indulgence. D'une seule gifle, il pouvait m'envoyer m'écraser sur le mur d'en face, et quelque chose me disait qu'il n'aurait aucun scrupule à le faire. Très courageusement, je bondis dehors.

Je l'avais échappé belle ! La porte refermée derrière moi, je me rendis compte que j'étais resté un grand moment sans respirer. J'avais les jambes qui tremblaient. Un désespoir soudain me saisit. Je ne voulais pas rester là ! Je n'avais pas le mode d'emploi pour les psychomachins.

J'étais sûr que mes parents n'étaient pas au courant de la réalité des choses. J'allais rentrer à la maison vite fait, et on me trouverait une autre maison de repos.

# 8

Je n'étais pas descendu manger de peur de croiser Léonidas, et personne ne m'avait fait de remarque à ce sujet, preuve que tout le monde s'en fichait. À la maison, mes parents m'auraient assailli de questions inquiètes.

J'attendis la nuit en échafaudant des plans de fuite. Si je ne pouvais pas ouvrir la porte d'entrée, je passerais par une fenêtre du restaurant. Le problème était que j'ignorais où se trouvait le manoir. Je n'avais même pas l'adresse !

Le mieux serait de faire du stop et, là, je verrais...

Je fanfaronnais mais, en réalité, je n'avais plus l'habitude de me débrouiller seul. Mes longs mois de maladie m'avaient isolé. Les copains venaient me voir à l'hôpital, et on se faisait des jeux vidéo, voilà à quoi s'était limité mon monde depuis trop longtemps. Il faudrait que je me réadapte.

Inutile de rappeler que je n'avais pas de pile électrique, juste des Thermopyles (ah ah ah !). Je me munis donc d'une boîte d'allumettes et d'une bougie – que je n'allumerais qu'une fois loin.

La nuit venue, j'ouvris ma porte en silence.

Je restai pétrifié sur place. Je venais d'entendre de nouveau un hurlement, lointain et étouffé, et pourtant terrifiant. Le même qui m'avait réveillé le premier matin, j'en étais certain. Il y avait bien des psychopathes dangereux enfermés quelque part !

Très anxieux, j'hésitai sur le pas de ma porte. Dans le couloir, les lumières vacillaient, comme si elles s'étaient donné le mot. Ce n'étaient pas non plus des lanternes avec des ampoules comme je l'avais cru au début. Elles portaient des bougies. Dans un hôpital psychiatrique, bravo la sécurité ! Ce fut la goutte d'eau qui fit déborder le vase et me décida. Je devais filer d'ici.

Mes tennis à la main, je rasais le mur de manière à ne pas faire craquer le plancher, écoutant de toutes mes oreilles. Un nouveau cri ! Les psychopathes semblaient très agités la nuit... Et s'ils réussissaient à sortir ?

Impossible de savoir d'où venaient les cris. Moi, en revanche, je savais où j'allais : dehors ! Je descendis l'escalier sur la pointe des pieds et me dépêchai de traverser le hall, poursuivi maintenant par la frayeur de ne pas pouvoir ouvrir la porte et de rester coincé ici.

Mais la porte d'entrée n'était pas verrouillée !

La nuit n'était pas trop sombre, la lune éclairait le paysage. C'était un bon soir pour partir. Soulagé d'être dehors, je ricanai. Une porte même pas verrouillée la nuit... Cette maison de repos, c'était n'importe quoi !

Puis je me figeai, craignant soudain qu'il n'y ait dehors un détecteur de mouvement relié à une alarme dans la salle de contrôle.

Je n'entendis rien, aucune alarme. Et puis après tout, si j'étais repris, je ne me ferais pas assassiner pour avoir voulu fuir, hein ?

J'avançai sur le gravier, m'interdisant de remettre mes tennis (pourtant le gravier pieds nus, bonjour !) et surveillant mes arrières avec la crainte de voir débouler ce Raoul toujours à l'affût.

Je pris enfin le virage et, à l'abri des regards, je pus me rechausser. Quel soulagement ! Et je remontai en vitesse l'allée.

Après une bonne centaine de mètres, je vis quelque chose qui barrait le chemin. Un portail, évidemment ! Il faudrait que je passe par-dessus.

En posant les mains sur l'obstacle, je me rendis compte que le contact était celui de la pierre. Un mur ? Pourtant, c'était bien par ici qu'était arrivé le taxi !

Un peu énervé, je longeai l'obstacle par la droite. Pas de portail. Je revins et pris par la gauche. Je marchai longtemps. Trop. Je finis par allumer ma bougie.

Le mur était très haut, en pierres grises – pas rougeâtres comme je l'avais cru le jour de mon arrivée. J'avais choisi le mauvais côté. Plutôt que de revenir, je décidai de poursuivre et de boucler la boucle en espérant que le tour complet du parc ne serait pas trop long.

J'eus l'impression de parcourir des kilomètres, le mur n'en finissait pas. J'étais fatigué, stressé, mes jambes ne me portaient plus. Et le jour commençait à faire pâlir le ciel à l'est ! Dans une trouée entre les arbres, j'aperçus alors une lourde silhouette noire. Avec des tourelles. Le manoir ! Catastrophé, je regardai autour de moi. Il n'y avait pourtant qu'une seule route pour arriver dans la cour ! Que s'était-il passé ?

Malheureusement, il était trop tard pour aujourd'hui, et je n'aspirais plus qu'à une chose : me coucher.

Je rentrai dans la plus grande discrétion. Je ne voulais pas qu'on sache que j'étais sorti et qu'on se méfie désormais de moi. Parce que je comptais bien récidiver.

Sur la pointe des pieds, je regagnai ma chambre et me jetai sur mon lit.

Je ne sais pas combien de temps je dormis. Quand j'ouvris ma porte, la couturière rentrait chez elle, en frissonnant comme d'habitude. Elle me sourit :

– Je ne vous ai pas vu au petit déjeuner ni à midi. Avez-vous décidé, pour mon portrait ?

– Ah... oui ! Je vais m'en occuper tout de suite, si vous voulez.

Dessiner me détendrait et, me détendre, j'en avais besoin. Je l'invitai à venir dans ma chambre et à s'installer près de la fenêtre. Je n'avais pas envie d'aller chez elle, j'avais peur de me faire piéger. Maintenant, je me méfiais de tout.

J'organisai sur la table mes crayons, ma gomme mie-de-pain et mes estompes (des tortillons de papier que j'avais fabriqués pour réaliser des fondus de couleurs). Histoire de rompre le silence, je demandai :

– Vous avez retrouvé l'adresse de votre fille ?

Elle secoua la tête, abattue :

– Ils ne veulent pas me dire où elle est. Depuis que je suis entrée au sanatorium, je n'ai plus aucune nouvelle.

– Au sanatorium ?

– Ici.

Je m'étonnai :

– Mais le sanatorium, c'est pour les tuberculeux !

Ce fut à elle de s'étonner :

– Vous n'êtes pas tuberculeux ?

– Ben non, je ne tousse pas.

– Personne ne tousse, ici, c'est le bon air.

Le bon air ? Elle avait sans doute raison. Mes parents n'avaient pas choisi cet établissement par hasard. J'aurais juste aimé qu'ils m'expliquent une décision aussi bizarre. Je me mis au pastel en m'informant :

– Pour votre fille, vous avez demandé au directeur ?

– Il dit qu'il faut accepter la situation, et que tout ira mieux. Mais je me ronge d'inquiétude. Elle n'a que sept ans !

– Ne vous tracassez pas, elle aura été prise en charge par les services sociaux et placée dans une famille d'accueil.

– Justement… J'ai peur que cette famille ne la mette au travail.

– À sept ans ? Sûrement pas.

– Pourtant, dans les mines et les filatures, il y a des enfants de cet âge.

Je protestai :

– Pas en France ! Et les familles d'accueil sont très surveillées, elles ne peuvent pas se permettre n'importe quoi.

C'est du moins ce qu'on voyait à la télé. J'insistai :

– En plus, aucune entreprise n'emploierait des enfants !

Elle soupira :

– Le travail est en effet interdit aux moins de douze ans, et on ne peut pas les garder plus de douze heures par jour, mais il faut être bien crédule pour croire que la loi est appliquée. Je suis moi-même de l'Assistance publique et je sais de quoi je parle. Quand on est placé à la campagne, l'âge ne compte pas et, en usine, c'est pire. Dans les filatures, surtout, on a besoin d'enfants, car leur petite taille leur permet de passer sous les métiers à tisser.

Je n'osais plus rien dire. Je me mis à malaxer ma gomme mie-de-pain et changeai de sujet :

– Il y a longtemps que vous êtes ici ?

– Depuis décembre 79.

Alors sa fille était maintenant largement adulte. Je faillis le lui dire, puis je renonçai. Si elle était restée si longtemps au manoir, ce n'était pas pour cause de tuberculose : c'était pour troubles mentaux. Elle était perdue dans le temps, sans plus aucun sens des réalités. On lui avait dit « sanatorium » pour ne pas l'effrayer avec des mots comme « hôpital psychiatrique ».

Préférant couper court à une discussion inutile, je lui demandai de ne pas bouger et pris un air très concentré pour poursuivre son portrait. Tout en affinant les ombres à la gomme, je prévins :

– Je ne pourrai pas vous laisser envoyer ce dessin, parce que je n'ai pas de fixatif et que le pastel s'efface aux frottements. Je vous en ferai une photocopie.

– Qu'est-ce que c'est ? (Elle se ratatina et, une nouvelle fois, me fit pitié.) Pardonnez-moi, je suis très ignorante.

Oui… En 79, les photocopieuses n'existaient peut-être pas. Je lui expliquai que c'était une manière de reproduire un document, et elle parut s'en contenter.

En tout cas, elle fut émerveillée par le portrait.

En la quittant, mon dessin à la main, je me dirigeai d'un pas vaillant vers le bureau du docteur Roy, bien décidé à me faire ouvrir la salle technique.

# 9

La porte du médecin-chef était fermée. Ça me déconcerta, parce que je n'avais jamais vu le docteur Roy ailleurs que dans son bureau. Les autres portes du couloir aussi étaient closes. Qu'y avait-il derrière ?

Il faudrait que j'explore cette maison. Connaître son environnement pouvait s'avérer vital. La première chose que faisait mon père en entrant dans un cinéma était de repérer les sorties de secours.

Et si je procédais par croquis ? Dessiner aiguisait le regard, attirait l'attention sur des détails qu'on n'aurait pas vus sinon. Oui, j'allais faire comme ça. J'espérais juste ne pas croiser Léonidas.

Je remontai à ma chambre prendre mon matériel de dessin. Raoul étant dans le couloir, je fis semblant de ne lui prêter aucune attention. Toujours à espionner, celui-là !

Il n'empêche, comme il me suivait des yeux, je n'osai pas redescendre fouiner dans le couloir des bureaux. Je pris la direction opposée et tournai au bout du couloir.

Je me trouvai dans un autre couloir tout aussi long, où s'alignaient tout autant de portes. Ces chambres n'étaient sûrement pas occupées en totalité, parce que nous n'étions pas très nombreux. Du moins pour ce qui concernait les pensionnaires « non dangereux ».

Toutefois je ne connaissais visiblement pas tout le monde car, en bas d'un escalier, je croisai une vieille dame enveloppée dans un châle, en chemise de nuit et pantoufles éculées. Encore une de la catégorie des fatigués de la bouillotte. Elle m'interpella :

– Cherchez-vous le parc ?

Le parc ? C'était une bonne idée. Je répondis que oui.

L'idée me parut moins bonne quand elle déclara qu'elle m'accompagnait. Mais elle avait au moins cent ans et, même si je n'étais pas au meilleur de ma forme, je devais pouvoir me défendre. De plus, sa présence dissuaderait Léonidas de s'attaquer à moi. Qu'est-ce qui m'avait pris de m'opposer à lui ?

Qu'est-ce que ça pouvait me faire, l'éducation à la spartiate ?

Je suivis la vieille dame vers une porte qui ouvrait... sur l'arrière du manoir.

Je ne connaissais pas ce côté. À la différence de l'autre, on accédait dehors de plain-pied – ce qui signifiait que le manoir était construit sur un terrain en pente. Tout le spectacle était sidérant : un sentier fleuri, une rivière, des collines, un petit mont dont le pied plongeait dans la mer et, par-derrière, un pic enneigé.

Sur une des collines s'élevait un château à quatre tours très bien restauré, avec à ses pieds une forêt... terriblement sombre. Brrr... Quand j'étais petit, ma plus grande angoisse était de me perdre dans les bois comme le Petit Poucet. En tout cas, je savais d'avance vers où je n'irais pas.

Le manoir étant en U, je ne voyais pas la totalité du paysage mais, en m'avançant, je découvris... la mer ! On était au bord de la mer ! Une très jolie petite crique. Deux grosses chambres à air flottaient sur l'eau et, au loin, on apercevait une île avec des palmiers et une montagne.

Je longeai le bord un moment et m'arrêtai devant une maisonnette qui annonçait sur son fronton : « ÉCOLE DE FILLES ». Marrant. C'est alors que la vieille dame, que j'avais presque oubliée, me dit :

– C'est ici que j'enseignais.

– Vous étiez institutrice ?

– Oui. Jusqu'à ce que les hommes reviennent.

– Reviennent d'où ?

– De la guerre ! (Elle me regarda.) Excuse-moi. Tu es trop jeune pour avoir connu la guerre... (Elle soupira.) Pendant que les hommes étaient au front, les femmes les remplaçaient dans les usines, les champs, les hôpitaux... Moi, ce fut à l'école. Hélas, une fois les soldats de retour, le ministre Louis Loucheur nous pria de rentrer dans nos foyers. Je dus quitter mon poste et retourner chez mon père, redevenir sa femme de ménage.

Elle essuya des larmes, ce qui me déconcerta.

– J'aimais enseigner, reprit-elle, j'aimais les enfants...

– Mais... pourquoi retourner chez votre père ?

– Il l'a exigé. On ne peut pas s'opposer à la volonté de son père.

J'en fus sidéré :

– Ben si, quand même !

Elle secoua la tête :

– Pas une femme. Une femme n'a aucun droit. Les hommes ont tout confisqué à leur seul et unique profit.

D'accord... comme Fanny, elle retardait d'un siècle, elle n'avait pas vu que les choses avaient changé, les mentalités évolué. À part ça, elle ne paraissait pas dangereuse, ce qui me confortait dans l'impression que les gens d'ici avaient surtout des problèmes de déphasage. Je tentai :

– Et vous ne vous êtes pas mariée ?

– Avec qui ? Tant de jeunes gens étaient morts à la guerre... Et le mariage ne m'aurait pas donné plus de liberté. Rien que pour travailler, une femme doit avoir l'autorisation de son mari, et la plupart des hommes la refusent. Ils ont peur qu'on les croie incapables de nourrir seuls leur famille.

N'insistons pas. Je fis remarquer :

– En tout cas, quel hasard de vous retrouver en convalescence tout près de votre école !

– C'est vrai, lâcha-t-elle d'un air si lointain que je doutai que ce soit un hasard.

Comme elle semblait accablée, je lui demandai :

– Vous ne connaîtriez pas le latin, par hasard ? J'aurais besoin de cours.

– Je ne connais que les prières. Mais je suis spécialiste des requiem, les chants de la messe des morts... Que penses-tu de la mort ?

– Euh... je suis un peu jeune pour...

– Tu as raison, s'excusa-t-elle. À ton âge on a autre chose en tête. Je peux te faire travailler l'orthographe, si tu veux.

Je n'étais pas très sûr d'avoir envie d'étudier avec elle, mais progresser en orthographe ne serait pas du luxe, parce que rendre au bac une copie bourrée de fautes était du plus mauvais effet. Je m'informai :

– À quel moment vous pourriez ?

Elle me répondit quelque chose d'aussi baroque que le reste :

– À l'heure où le soleil passe à l'ouest du château.

C'est là que je me souvins que je n'avais pas de montre et que je n'avais vu aucune horloge au manoir.

Je lui donnai rendez-vous le lendemain en début d'après-midi et partis vers la rivière qui, descendant des collines, coupait la plage pour se jeter dans la mer. Un gué de grosses pierres noires permettait de la franchir. Je m'assis sur l'une d'elles et crayonnai ce que j'avais sous les yeux : les collines, la neige au loin, l'île, le château... J'y allais à grands coups de pastel, l'étalant avec les doigts et, pendant un moment, j'oubliai tout.

Puis mon œil fut attiré par quelque chose d'étrange sur la mer. Une langue de rochers qui s'avançait dans l'eau et me semblait familière. Elle me rappelait mes vacances. Si je ne l'avais pas repérée avant, c'était sans doute que la mer était haute et la recouvrait.

Je grimpai sur les rochers, retrouvant avec délice les odeurs de goémon frais, et j'aperçus une mare dans un creux. On aurait dit celle où je pêchais autrefois les crevettes !

Je m'assis au bord, à regarder les petites bêtes tapoter le rocher de leurs antennes. Était-ce ici que je venais en vacances quand j'étais petit ? En tout cas je m'y sentais bien.

Finalement, je me dis que le mieux était peut-être d'attendre la première visite de mes parents pour partir. M'enfuir de nuit présentait trop d'inconvénients, à commencer par les dangers du stop.

J'entendis courir sur le sable et, l'instant d'après, je fus tout éclaboussé. Les criquets venaient de sauter à pieds joints dans la mare. De l'eau de mer sur mon seul et unique jean ! Un peu agacé, je tentai de me contrôler :

– Alors là, je ne vais plus pouvoir éviter le pantalon noir.

– Beh ! T'en as pas besoin !

– Je n'ai pas de jean de rechange, je me suis fait piquer toutes mes fringues dans ma valise !

– Ben, nous pareil, dit l'aîné. On est même arrivés sans valise, comme ça.

Ils me montrèrent leurs shorts (larges aux cuisses et assez moches). J'en fus très surpris :

– Vous lavez vos vêtements ?

– Penses-tu. Ici, tout est autonettoyant. Rien ne se salit, rien ne se déchire. C'est une question d'atmosphère.

Je haussai les épaules et me penchai sur mes taches.

On ne voyait plus rien ! Pas même une auréole de sel.

« Atmosphère » ! Je repensai au bon air évoqué par la couturière. C'était sans doute pour ça qu'on n'avait pas besoin de médicaments. Je comprenais de mieux en mieux le choix de mes parents.

Amusé, je plongeai ma main dans l'eau et en jetai aux criquets. Ils s'écartèrent en criant puis m'arrosèrent à leur tour. Et on se fit une bataille de flotte à tout casser. C'était un peu gamin, mais ça défoulait.

Une minute après, on était tout aussi secs et propres qu'avant. Génial ! Quelque chose alors m'intrigua :

– Si rien ne s'abîme, pourquoi est-ce que le joueur de poker et le prof de physique portent le costume noir et blanc de Fanny ?

Jean-Charles fit la grimace :

– André et Christophe ? Peut-être qu'ils le trouvent beau.

Ils pouffèrent, et Pol commenta :

– Parce que c'est des vieux ! Ils ont au moins trente ans !

Oui... Mes parents en avaient quarante et ne s'habillaient pas comme ça... Je désignai la petite maison :

– C'est là que vous allez en classe ?

– On n'y va pas. On n'a pas envie.

– Ben dites donc, c'est drôlement permissif, ici.

– Ouais, on fait ce qu'on veut.

Je n'étais pas sûr que ce soit la meilleure solution mais, vu leur forme olympique, les criquets ne passeraient sûrement pas longtemps au manoir.

– Vous êtes en convalescence de quoi ?

– De rien, répondit Pol.

– Ah bon ? Qu'est-ce que vous faites là, alors ?

– Ben, c'est une maison de redressement.

Jean-Charles déclara :

– Il y avait longtemps que notre paternel nous en menaçait à cause de nos conneries.

– Nos… ? le reprit son frère aîné.

– Nos bêtises.

– Bon. Essaye de te rappeler qu'on ne sortira d'ici que quand on aura arrêté nos conn… bêtises, et qu'on aura un vocabulaire convenable.

Jean-Charles fit une bouche en cul-de-poule pour se moquer :

– Con… ve… nable.

Il se mit à courir en criant :

– Conneries, conneries, conneries !

Pol le poursuivit, et ils s'éloignèrent avec leur habituelle excitation.

Eh bien, c'était vraiment une maison multifonction : sanatorium, convalescence, psychiatrie, rééducation…

# 10

En rentrant, je me perdis de nouveau dans le manoir. Je ne savais plus où j'étais et, pour une fois, je fus content d'apercevoir Raoul. Mais en lui demandant la direction de l'escalier, je vis que je me trouvais pratiquement devant.

Mon bloc à dessin toujours sous le bras, je descendis et allai frapper chez le docteur Roy.

– Entrez !

Son bureau était dans le même état que d'habitude, couvert de papiers. C'était sans doute pour ça qu'il avait perdu le courrier de mon cancérologue. J'espérais qu'il l'avait retrouvé depuis, parce qu'il n'avait toujours pas pris soin de m'examiner.

La porte de l'annexe était entrouverte, diffusant son étrange lumière. En évitant de regarder de ce côté, je montrai mes dessins en expliquant :

– Je voudrais faire une photocopie du portrait de Fanny pour qu'elle l'envoie à sa fille.

D'une pierre deux coups : j'obtiendrais peut-être des infos sur la fille.

– Une photocopie ? Nous n'avons pas le matériel nécessaire.

C'était un peu fort ! Je désignai l'annexe.

– Mais vous avez un local technique, ici, non ? Des écrans, un ordinateur...

– Absolument pas.

Il mentait ! Il mentait !

Tentant de me calmer, je protestai :

– Et le courrier, je n'en ai pas encore eu. Ne me dites pas qu'il a besoin d'électricité pour parvenir jusqu'ici !

Le médecin-chef secoua la tête.

– Tu n'en as pas, je ne peux pas te l'inventer.

Il avait l'air de faire de son mieux, en plus. Je grognai avec une certaine agressivité :

– Bon. Quand est-ce que mes parents doivent venir me voir ?

Le docteur Roy eut l'air gêné :

– Nous n'autorisons aucune visite pendant la convalescence.

– Quoi ?

Il leva la main pour m'empêcher de parler :

– C'est une nouvelle méthode, qui donne d'excellents résultats.

– Et mes parents sont d'accord ?

– Ils ont accepté de participer à l'expérience.

Et moi, quelqu'un m'avait demandé mon avis ?

Je fulminai. Mais je ne voulais pas non plus donner l'image du gamin qui avait besoin de papa-maman. Pour rompre l'engrenage de la colère, je décrétai :

– Bon, tant pis, je vais envoyer le dessin à la fille de Fanny. Il faudra juste un papier calque pour le protéger. (J'élevai le ton.) C'est possible, ça, non ?

Le docteur tapota des doigts sur son bureau, comme pour se donner du temps, et enfin il dit :

– Puis-je te parler en toute franchise ?

Son attitude me désarma net.

– Hélas, reprit-il d'un ton plein d'humanité, la fille de Fanny est décédée.

Hein… ? Je soufflai, estomaqué :

– Et Fanny n'en sait rien ?

– Fanny n'est pas en mesure de l'entendre, et il n'est pas utile d'ajouter à son malheur, puisqu'on n'y peut plus rien.

– Mais… de quoi est-elle morte ?

Il prit une inspiration pour parler et, finalement, lâcha :

– Je ne sais pas.

Ce n'était pas ce qu'il avait eu d'abord l'intention de dire, j'en étais sûr ! Ce type-là mentait comme un arracheur de dents. Il ajouta :

– Je peux te faire confiance, n'est-ce pas ? Tu ne lui diras rien.

Je haussai les épaules. Maintenant que le secret m'appartenait aussi, je me résignais à la même lâcheté – ou la même charité que lui : je décidai de me taire.

J'allais ressortir, quand je pensai à l'informer :

– La vieille institutrice va me donner des cours d'orthographe, je perdrai moins mon temps.

– Ah ! Christine ! C'est une femme intelligente.

Je me souvins de ce qu'elle m'avait raconté et me renseignai :

– Vous connaissez un certain Louis Loucheur ?

– Hum... Oui... Il était ministre pendant la guerre de 14-18... Pourquoi ?

J'en fus scié. La vieille dame ne parlait pas de la guerre de 1939, mais de celle de 1914 !

– Ça veut dire... que l'institutrice a largement plus de cent ans !

– Il semblerait, me répondit le médecin-chef. (Il sourit.) L'air d'ici est très bon.

On me l'avait déjà dit, mais à ce point...

Le lendemain matin, au cours de maths, j'étais décidé à poser des questions à Christophe. Je commençai de manière anodine :

– Vous êtes habillé à la mode de Fanny. Qu'est-il arrivé aux vêtements que vous portiez en arrivant ?

Il souffla par le nez d'un air sarcastique.

– Je n'en avais pas.

– Vous n'êtes quand même pas arrivé à poil ?

– Presque. Pour tout te dire, j'avais sauté à l'eau.

– Et vous n'avez pas pu vous rhabiller après ?

– Tout s'est passé très vite. Je franchissais une passerelle au-dessus d'un torrent quand j'ai vu des gamins chahuter au bord du ravin sans se rendre compte du danger. J'ai crié, mais ils étaient trop loin, et le torrent faisait trop de bruit. Sûr qu'il allait arriver un malheur, je me suis déshabillé... Et ça n'a pas manqué, l'un d'eux est tombé. Le voyant emporté par le courant, j'ai sauté.

– Vous l'avez sauvé ?

– Même pas ! (Il eut un ricanement désabusé.) J'ai sauté et JE NE L'AI PAS SAUVÉ ! Le courant m'a emporté aussi.

– C'est pour ça qu'on vous a mis en maison de repos. Le choc...

Il hocha la tête d'un air absent. Je tentai de le réconforter :

– On ne réussit pas toujours, vous avez fait de votre mieux. En tout cas, je suis content que vous soyez là, j'ai besoin de vos cours.

Il sourit avec tristesse :

– Rassure-toi, j'en ai pour un moment.

Je repris :

– À propos de cours… J'ai eu un problème avec le prof de latin. Il a failli m'assommer.

– Léonidas n'est pas un caractère facile, ne le provoque pas.

– Je n'ai rien fait ! Je n'étais pas de son avis, c'est tout !

– Pas de son avis ! (Christophe eut un rictus moqueur.) Tu ne comprends pas… Aujourd'hui, les jeunes ont une grande liberté, ils peuvent discuter avec les adultes. Pas autrefois. Et Léonidas a été élevé à l'ancienne, dans un temps où les enfants n'avaient pas le droit d'ouvrir la bouche, sauf pour répondre si on les interrogeait. Et en aucun cas pour apporter la contradiction.

– Mais il est dangereux !

– S'il réside avec nous, c'est qu'il ne l'est pas.

– Oui, eh bien, ça, j'aimerais en être sûr. Ce ne serait pas la première fois qu'un expert psychiatre se tromperait ! (Je m'interrompis.) Où vont les types dangereux ?

– Personne n'en sait rien. Enfin, officiellement. À mon avis, Léonidas est au courant.

– Léonidas ? Alors c'est peut-être qu'il s'est échappé de cet endroit ?

– Ne nous emballons pas. S'il s'en était échappé, le docteur Roy serait au courant, et il ne le garderait pas ici.

Je m'emportai :

– Mais qu'est-ce que c'est au juste, cet endroit ? Un hôpital psychiatrique ? Une maison de redressement ? Une...

Christophe leva la main :

– Écoute, Liam, moins on en sait, mieux on se porte.

– C'est top secret ?

– Voilà. Tu n'auras le fin mot de l'affaire que quand tu seras mûr pour partir.

– Je me sens mûr dès maintenant !

Christophe secoua la tête avec un amusement mélancolique :

– Non, Liam, non. Tu en es loin.

Je ne pus répondre, car on entendit des coups sourds, comme si quelqu'un frappait à une porte, puis une cloche sonna sur un ton d'alerte. Christophe se leva d'un bond :

– Dépêche-toi. Il n'y a pas de temps à perdre !

# 11

On dévala l'escalier, on longea un couloir au pas de course, puis un autre. Enfin Christophe poussa une lourde porte, armée d'une plaque de cuivre tenue par des clous à grosse tête... à l'intérieur comme à l'extérieur, je m'en aperçus quand on la referma.

Nous nous trouvions dans une longue salle éclairée uniquement par des lanternes. Aucune fenêtre. Mieux valait ne pas être claustrophobe. Elle était meublée de petites tables avec leurs chaises et décorée de boucliers et d'armes anciennes accrochés au mur. Des épées, des sabres, des lances, des arcs et des flèches, et même de vieux fusils et pistolets.

D'autres pensionnaires étaient déjà là. Je soufflai aux criquets :

– Il y a du danger ?

– Pas ici, trouillard ! La porte est blindée.

Très rassurant. Je ricanai :

– Moins trouillard que vous, en tout cas. C'est Christophe qui m'a obligé à venir.

Oui... C'était surtout que j'ignorais le sens de la sonnerie. Je m'inquiétai :

– Je ne vois pas Fanny.

– Elle ne vient jamais, et Léonidas non plus.

Pour celui-là, je ne m'en plaignais pas.

Il y avait en revanche un homme que je ne connaissais pas. Entre deux âges, le visage osseux, mal rasé, l'air d'un bourlingueur et... déguisé en pirate du XVIII$^{e}$ siècle. (Je m'y connaissais : à dix ans, j'avais créé une BD de pirates... qui en était restée à la page 3.) Il avait les cheveux longs, un chapeau à larges bords, un pantalon s'arrêtant aux mollets, des bas verts et un gilet sans manches sur une ample chemise blanche à jabot. Il jouait aux cartes avec André, le pâlichon qui cherchait un partenaire pour le poker.

Le claquement d'une porte au loin me fit sursauter.

– On va avoir de la tempête, dit l'institutrice en rattachant son chignon gris avec de longues épingles à cheveux.

Je réalisai alors que je n'avais vu aucun miroir dans tout le manoir. On voulait éviter que les malades se rendent compte de leur état ?

Le pirate observa :

– Je suis tombé à l'eau un jour de tempête.

Les criquets déclamèrent d'une voix moqueuse :

– *C'était au milieu de l'océan, à l'heure où l'aube allait poindre.*

– Ces gamins, grommela le pirate, ils mériteraient des coups de pied aux fesses.

– Laissez-les, lâcha Christophe, ils sont sans doute plus malheureux que vous.

Phrase étrange, car les criquets me semblaient tout sauf malheureux.

– Bataille ! s'écria le pirate en abattant sa carte d'un mouvement vif qui découvrit un anneau d'or à son oreille.

– Comment ça, « bataille » ? protesta André. Vous avez posé un 8 et moi un 9, capitaine !

Et il ramassa les cartes.

Le capitaine remua son nez d'un air agacé. D'après les criquets, ce tic lui restait des rhumes attrapés quand il était de quart et qu'il passait la nuit sur le pont du bateau, mouillé par les paquets de mer. Et s'il avait crié « bataille », c'était juste pour détourner la conversation : il détestait qu'on prononce des mots comme *malheureux*, *malheur*, *guigne*, *catastrophe*, *malchance*... et même *bonne chance*. Les criquets en connaissaient un rayon sur lui.

Tout le monde se mit à parler, sans doute pour éviter de penser à ce qui se passait au-dehors, à la raison pour laquelle nous étions enfermés derrière une porte blindée.

Pour la première fois, la jeune fille en costume de fée – et que les criquets appelaient Emmerance – s'approcha de moi. Je crus qu'elle allait m'adresser la parole, mais elle se contenta de me tendre un morceau de papier. Ou plutôt... de parchemin ! On y voyait un blason représentant, sur un fond jaune, un animal noir (genre léopard) dressé sur ses pattes arrière et déchirant l'air de ses griffes rouges. En dessous, était écrit : « Chevalier Guilhem d'Arbourg », suivi d'un « ? » signifiant sans doute qu'elle me posait une question. D'ailleurs son regard le faisait aussi. Était-elle muette ?

Je répondis :

– Je ne le connais pas. Désolé...

Un nom pareil m'aurait frappé.

Je lus du désespoir dans ses yeux. Elle glissa sans un mot le parchemin dans l'échancrure de sa chemise, ce qui me fit remarquer la qualité de ses vêtements. Son corselet et sa longue jupe bleue étaient de soie brochée, et le hennin (qui ne laissait voir qu'un petit triangle de cheveux sur son front) s'enveloppait d'un fin voile brodé qui retombait dans son dos jusqu'au sol. Il ne s'agissait pas d'un banal déguisement de location. Je rayai en pensée « costume de fée » et remplaçai par « tenue médiévale ».

Contrairement à ce que j'avais cru, elle n'était pas muette, car elle chuchota d'une voix tourmentée :

– Auriez-vous entendu parler d'un chevalier mort en tournoi ?

Ben... Que répondre à ça ?

– À quel chevalier pensez-vous ? demandai-je. À ce Guilhem ?

Elle hocha nerveusement la tête.

– Alors... non.

Son visage exprima une déception résignée. Si elle chuchotait, c'était sans doute qu'elle avait déjà posé cette question à toutes les personnes présentes et que la réponse avait toujours été la même. Je ne savais pas qui était son « chevalier », mais elle avait dû atterrir ici à la suite d'un chagrin d'amour.

Ou alors il s'agissait de son père, qu'elle recherchait. Ou de quelqu'un d'autre. Après tout, un chevalier n'était pas forcément le jeune homme merveilleux dont les filles tombaient amoureuses dans les contes, c'était d'abord un homme de guerre, il y en avait donc aussi des vieux et des moches.

La porte s'ouvrit... sur Léonidas ! Je reculai dans l'ombre.

Il ne me prêta aucune attention, mais les autres se tournèrent vers lui pour demander d'une seule voix, comme un chœur antique :

– Alors ?

– Une.

– À votre avis, est-elle pour notre étage ? s'informa André.

– Probable.

– Et quel âge a-t-elle ?

– Jeune.

Le capitaine s'en mêla :

– Et quel genre ?

– Pleurs.

Plutôt laconique.

Je m'étais à peine fait cette réflexion que je songeai que « laconique » venait de « Laconie », la région de Grèce où se trouvait Sparte. Décidément, le personnage était très très au point...

Le capitaine pirate commenta :

– Je préfère encore ça. Ceux qui arrivent en colère nous pourrissent l'ambiance pendant des jours.

– Mais tout s'arrête finalement, remarqua Christophe, les pleurs et la colère.

– La douleur reste, observa l'institutrice.

– Pchchch..., fit le capitaine en agitant les mains devant lui comme pour empêcher le mot de l'atteindre. (Il était interdit aussi.) Vous ne pouvez pas faire attention, non ?

– Oh, pardon, s'excusa l'institutrice. J'oubliais que vous n'aimiez pas *douleur*, *souffrance*, *tourment*, *tristesse*, *chagrin*...

– *Corde* et *couturière* non plus, commenta André.

Je me retins de rire.

– Mais vous le faites exprès ! hurla le capitaine. Vous le faites exprès !

Christophe nota :

– Il n'empêche qu'à cause de vos superstitions et de vos coups de gueule, Fanny ne vient plus.

– Elle ne craint rien en restant dehors ! s'emporta le capitaine.

Ce qui semblait vrai, parce que personne ne le contesta.

Pour se racheter de ses railleries, l'institutrice reprit :

– Et vous, capitaine, quand vous êtes arrivé, comment étiez-vous ?

– Je l'avoue, je tempêtais.

Les criquets pouffèrent. Quand on débarquait par un temps de tempête, c'était normal. Pol se moqua :

– Ceux qui sont arrivés par temps d'orage tonnent.

– Par temps de pluie, ils pleurent, ajouta Jean-Charles.

Je mis mon grain de sel :

– Ceux qui se pointent avec un rhume ruminent.

Et je me rendis compte que, pour la première fois depuis que j'avais mis les pieds ici, je riais. La bande ne me paraissait plus dangereuse du tout, et même plutôt marrante malgré ses failles. Et comme il y avait un nouvel arrivant (ou plutôt une), je me sentais un peu plus chez moi. Un *bleu* chasse l'autre.

Mais oui ! Tout s'éclairait ! Je venais de participer à un de ces « sauve-qui-peut » dont m'avaient parlé les criquets à propos de ma propre arrivée !

La nouvelle venue avait sans doute l'impression d'entrer dans un désert, comme moi le premier jour. J'espérais qu'elle n'était pas trop vieille et pas trop *à l'ouest* comme disait mon grand-père, parce que je manquais un peu de copains ici. La seule fille de ma génération croyait vivre au Moyen Âge et se lamentait sur la disparition d'un chevalier !

Surprenant le regard noir de Léonidas, je sentis une crispation dans mes épaules. Je regrettais sérieusement de m'en être fait un ennemi.

On resta là jusqu'au soir. À ce que j'appris, certains arrivants (les plus dangereux, qui étaient aussi les plus habitués à résister aux interrogatoires) savaient si bien jouer la comédie qu'ils pouvaient berner le médecin-chef. Mais d'après l'institutrice, aucune mystification ne résistait très longtemps à la sagacité du docteur Roy. C'était censé me rassurer.

Je continuais à me demander si Léonidas n'était pas du genre à avoir trompé son monde.

André me proposa de nouveau une partie de poker. Je n'eus même pas à répondre, car le capitaine protesta que tout jeu d'argent était interdit à bord. Comme s'il commandait encore un bateau. Et le plus étrange fut que personne ne le contredit.

On ne sortit du refuge qu'à la nuit tombée, pour rentrer en silence dans nos chambres... où notre repas nous attendait. Même pas droit au restaurant !

Avec cette obscure menace, il n'était pas question de sortir de nuit, inutile de caresser le moindre projet de fugue. Petite consolation : ce contretemps me permettrait de voir la nouvelle pensionnaire. Si elle était « pour notre étage ».

# 12

L'institutrice avait raison, la tempête s'était levée. Un air tiède faisait danser les branches, me caressant d'une onde de bonheur. J'avais toujours eu un faible pour la tempête comme pour l'orage. Finalement j'étais amateur de tourments.

Je m'attelai à un autre type de tourment : les inscriptions sur ma valise. Je passai la soirée à étudier cette fois des anagrammes correspondant aux deux mots groupés : « Yadatdysrtepetralp ». Je dessinai chaque lettre sur un papier pour pouvoir les déplacer dans tous les sens, ce qui me donna :

« Paddy te rattrape, lys »

« Rater plat pays, teddy »

« Départ départ ty Lays »

Il y avait deux fois le mot départ... Sur une valise !

C'était peut-être une adresse. « Ty » signifiait maison en Bretagne. « Ty Lays » serait « la maison de Lays ».

Il fallait que je comprenne ! Il y avait dans ma présence ici un mystère, et j'avais l'impression que ces mots en étaient la clé.

Dans la nuit, j'entendis de nouveau des cris, atténués par la distance. Les malades dangereux devaient être enfermés au dernier étage.

Le lendemain, pas de tête nouvelle au petit déjeuner. J'en fus déçu. Je m'étais déjà fait des films à partir des mots « fille » et « jeune ». Mais Léonidas voulait-il dire sept ans (l'âge sans doute où l'on commençait à dresser les guerriers « chez lui »), ou vingt (trop vieux pour s'intéresser à un garçon de quinze) ?

Le jour suivant, rien non plus. Malgré ma méfiance envers cet espion de Raoul, je pris sur moi pour lui demander :

– Il n'est pas arrivé quelqu'un, avant-hier ?

– Quelqu'un, monsieur ?

Voilà exactement ce qui m'énervait chez lui : l'attention démesurée qu'il accordait à chaque parole, au point de tout faire préciser même s'il avait fort bien compris. Je PRÉCISAI donc :

– Une fille, je crois.

– Ah, je vois...

– Oui. Elle est où ?

Je faisais exprès de parler en vrai ado pour le bousculer.

– Cette personne préfère garder la chambre, monsieur.

*Cette personne préfère garder la chambre, monsieur.* Je lui flanquerais des baffes...

Il repartit avec sa dignité coutumière, et le joueur de poker qui arrivait me souffla :

– Aucune confiance dans ce garde-chiourme.

– Vous pensez aussi qu'il nous surveille ?

– Il ne fait que ça, cette fouine.

Je m'intéressai :

– Vous êtes là pour quoi, vous ?

André eut un sourire amer :

– Je me le demande. Enfin non, je ne me le demande pas. C'est à cause de mes parents.

Il me parut bizarre qu'un gars qui avait l'âge d'être père de famille me parle de ses parents comme s'il dépendait encore d'eux.

– Qu'est-ce qui s'est passé ?

– Va savoir ! Impossible de me rappeler. J'étais au milieu d'une partie de poker... (Il s'interrompit.) Tu ne le répètes à personne, hein ?

– Ben...

– Jure ! Je ne veux pas que ça vienne aux oreilles de ce faux jeton de Roy. Il veut toujours tout savoir, il ne saura RIEN.

Intrigué, je levai la main droite :

– Je jure. Qu'est-il arrivé ?

– Eh bien je tire une carte... je vais poser mon jeu... et je ne peux pas.

– Ah ! C'est un cauchemar ! Moi aussi, dans mes rêves je cours et je n'avance pas. Ou alors je suis très en retard en classe, et je n'arrive pas à trouver la bonne salle.

– Non non. Mes parents ont réussi leur coup. Je suis sûr qu'ils m'ont drogué avec des somnifères pour m'enfermer ici.

– Pourquoi auraient-ils fait ça ?

– Pour que je ne dilapide pas leur argent ! Faut dire... je jouais beaucoup. Et je perdais beaucoup. J'avais même misé mes vêtements, si bien que je suis arrivé ici en caleçon. (Il montra son pantalon noir en guise de commentaire.) Ou peut-être l'ont-ils fait pour ma fiancée. Ils l'aimaient bien, mais elle refusait de m'épouser si je n'arrêtais pas de jouer. Elle ne voulait pas d'une vie où elle craindrait à chaque instant de se retrouver à la rue, ruinée parce que j'aurais tout perdu aux cartes. Mais si on s'était mariés, peut-être que j'aurais cessé de jouer !

Ou peut-être pas. Quelqu'un l'avait envoyé ici en cure de désintoxication au jeu ?

Il reprit :

– Pour qu'elle croie que j'avais arrêté, j'allais jouer dans des tripots obscurs, avec des types qu'elle n'avait aucune chance de croiser. Parce que, les quartiers louches, ce n'était pas son genre.

– Vous parlez de votre fiancée ?

– Plus que ma fiancée, elle est la femme de ma vie !... Elle me manque tellement ! (Ses épaules s'affaissèrent.) Je sais, elle est trop bien pour moi. Trop bien... Mais c'était ma dernière partie, je me l'étais juré !

Je ne savais pas s'il y croyait ou non, ça me rappelait les innombrables résolutions de ma tante pour arrêter la cigarette. Il reprit d'un ton grinçant :

– Et pendant que je suis là, mon frère se goberge avec le fric des parents. Oh ! Pour des choses « utiles », lui : des maisons, des voitures, des boutiques. Tiens ! Peut-être que c'est lui qui a poussé mes parents à m'emprisonner ici.

Je tempérai :

– Une prison sans barreaux et dont la porte n'est pas fermée...

Il eut un rictus dégoûté :

– Crois-moi, je sais ce que je dis.

Avait-il lui aussi essayé de s'enfuir ? Peut-être, ne serait-ce que pour retrouver sa fiancée. Je n'étais cependant pas étonné qu'il ait échoué, il manquait clairement de volonté.

Quelque chose dans ses propos m'avait mis mal à l'aise. Pendant que j'étais ici, mon petit frère profitait seul des parents.

Une pensée idiote : mes parents souffraient d'avoir dû m'éloigner. Ils m'aimaient tout autant qu'ils aimaient Tom, mon absence n'y changeait rien.

Évidemment, mon petit frère ayant sept ans de moins que moi, on s'en était beaucoup occupé. Moi compris. Surtout qu'il était grand prématuré et très fragile. Mais j'avais adoré avoir un petit frère. Et puis l'équilibre entre nous deux s'était rétabli, surtout au moment où, à mon tour, j'étais devenu fragile.

Bon sang ! Et s'il était arrivé quelque chose à Tom et que mes parents me l'avaient caché pour protéger ma convalescence !

Un désespoir éclair me traversa. Je voulais rentrer à la maison !

Il fallait que je trouve un moyen.

# 13

Je retentai une sortie dans la nuit, mais je me heurtai de nouveau au mur. Cette fois, je le suivis par la gauche... et je ne trouvai pas davantage l'entrée ! En plus, le brouillard tomba d'un coup et je n'y vis plus rien. On aurait dit que ce manoir manigançait pour me retenir malgré moi ! Je dus revenir sur mes pas à l'aveuglette, et j'eus beaucoup de mal à retrouver l'escalier.

Au matin, apercevant Raoul qui m'épiait, je n'y tins plus. Je marchai sur lui :

– C'est une prison, ici !

– Une prison, monsieur ?

– Oui, quand on ne peut pas sortir, on appelle ça une prison !

– Pas sortir, monsieur ?

Celui-là, j'allais lui rentrer dans le chou.

– Pas de courrier, pas de contact avec mes parents ! Et la propriété est entourée d'un mur infranchissable !

– Ah... Il n'est pas infranchissable, monsieur. (Il se fit inquisiteur.) Auriez-vous essayé ?

Je mis mes mains en avant pour protester et, là, il ajouta une chose stupéfiante :

– Si vous vous êtes heurté à un mur, c'est que vos raisons de partir n'étaient pas bonnes, monsieur.

Je n'avais jamais entendu un argument aussi... aussi... Je ne trouvai pas de mot pour le qualifier. Je ne pus que hurler :

– Comment ça, pas bonnes ? J'ai envie de revoir mon petit frère !

– Il est inutile de vous époumoner, monsieur. Il faut juste vous poser les bonnes questions. Pour quelle raison vouliez-vous voir votre frère ? S'agit-il d'une raison honorable ?

– Très « honorable » ! J'ai peur qu'il lui soit arrivé quelque chose !

– Êtes-vous sûr de n'être pas mû par une pointe de jalousie, monsieur ?

Il me sidéra. Je jurai que non, qu'il n'était pas question de ça ! Mais je vis qu'il ne me croyait pas.

Et je n'y croyais plus tout à fait non plus. Raoul insista :

– N'êtes-vous pas plutôt ennuyé qu'il soit seul avec vos parents à la maison ? Ne vous imaginez-vous pas qu'il leur suffit ?

– Pas du tout ! Mes parents tiennent à moi !

Ma voix avait un peu déraillé, je n'étais plus sûr de rien.

– Détendez-vous, monsieur, conseilla-t-il d'un ton amical, cessez de ruminer. Vous pourrez sortir dès que vous serez prêt, que votre volonté ne sera plus aveuglée par la jalousie, la rancœur ou la colère.

Et il me planta là, incrédule et consterné.

Qu'il lise en moi me paraissait détestable. C'était peut-être lui, le véritable psy de la maison, pas le docteur Roy ! Je me souvins alors de la phrase de Christophe : « Tu n'auras le fin mot de l'affaire que quand tu seras mûr pour partir. » Lui non plus ne me sentait pas prêt.

Je regagnai ma chambre comme un robot. Ma logique refusait qu'un mur de pierre m'empêche de passer sous prétexte qu'il ne m'en jugeait pas digne.

Ou alors on était dans un monde de technologie très avancée.

Oui, pourquoi pas ? Un univers expérimental où rien ne s'usait, où l'on modifiait l'atmosphère pour soigner les malades sans médicaments recelait sûrement d'autres mystères.

Pourtant, il n'y avait en apparence rien de plus ringard que cet endroit. À moins que téléphone, électricité et ordinateurs y soient déjà dépassés...

Il fallait vraiment que je trouve une raison pour retourner chez le médecin-chef et voir ce qu'il y avait dans l'annexe ! J'allai y réfléchir dans le parc, avec mon bloc à dessin.

Cette fois, je trouvai du premier coup la bonne porte. C'était comme au collège le jour de la rentrée en sixième, on se sent perdu dans une immense toile d'araignée. Ensuite on se familiarise, et tout devient plus petit. Il y a aussi une dimension psychologique dans la taille des choses.

Quand j'arrivai, la langue de rochers était découverte. Je m'assis au bord du trou à crevettes et observai les petites bêtes. Et, au lieu de réfléchir, je tentai d'en attraper à la main. Pas facile, elles avaient une vitesse de réaction folle. Je mis un moment à prendre le coup : il fallait arriver par-derrière. Et hop !

Puis je les relâchais. Que faire de trois crevettes ?

Cette pêche *miraculeuse* eut au moins le mérite de me détendre. La seule chose raisonnable à faire était d'attendre la fin de ma convalescence et l'arrivée de mes parents.

Je m'installai pour croquer le parc au pastel, avec cette fois le manoir en fond. Et là, j'aperçus une chose que je n'avais pas encore remarquée : une cheminée cylindrique en brique comme celles des anciennes usines, mais très courte. Un vestige du siècle passé ? Ce n'était pas impossible, parce que la présence d'une école prouvait qu'il y avait eu ici un village. Or les propriétaires de manoirs étaient souvent de riches industriels.

J'observai mon dessin précédent : aucun doute, elle n'y figurait pas. Pourquoi m'avait-elle échappé ? Qu'un arbre ait poussé, dans une atmosphère trafiquée, je pouvais l'admettre, mais une cheminée !...

Je rentrai en vitesse, parce que la cloche annonçait le repas et que je ne voulais pas rater la fille, si par hasard elle se décidait à descendre.

Coquilles Saint-Jacques à la crème, un délice !... Mais pas de nouvelles de la nouvelle.

Je partis pour le cours d'orthographe carrément déçu.

Même si l'institutrice était un peu excentrique (surtout sa tenue, chemise de nuit et pantoufles), elle avait vraiment un don pour dénouer les pires terreurs des élèves, par exemple l'accord du participe passé du verbe pronominal.

Après la dictée, que je fis à la craie sur une ardoise (dix fautes !), je me permis de l'interroger :

– Avez-vous vu la petite nouvelle ?

– Ma foi non. Elle n'a pas encore quitté sa chambre, je pense qu'elle est très perturbée. Pourquoi n'irais-tu pas lui rendre visite ? Vous avez à peu près le même âge, je crois…

Elle avait raison. Il était temps que l'ourse quitte sa tanière, ne serait-ce que pour satisfaire ma curiosité.

– Savez-vous quelle chambre on lui a donnée ?

– Fanny dit que Raoul apporte des plateaux-repas en face de chez elle.

Alors elle était aussi presque ma voisine !

– Faites-moi confiance, déclarai-je, je m'en occupe.

Un instant plus tard, je frappai à la porte de la nouvelle.

Pas de réponse.

Je recommençai. Pareil.

Bon… si elle était là, c'est qu'on l'avait jugée inoffensive. Je me risquai à ouvrir avec lenteur.

– Il y a quelqu'un ?

La pièce était dans l'obscurité, les rideaux tirés, pourtant elle me donna une sensation de chaleur. Cette chambre ressemblait à la mienne, sauf qu'elle contenait en plus un piano. En achetant ce manoir, les services de santé avaient apparemment laissé les lieux tels qu'ils étaient. Pas d'argent pour les rénover, sans doute.

Les lieux semblant déserts, je m'avançai :

– Il y a quelqu'un ?

Mon regard fut alors attiré par une forme de l'autre côté du lit. Elle était là, les poings crispés contre sa bouche. S'apercevant que je l'avais vue, elle cria :

– Non ! Non !

Enfin, elle dut réaliser qu'elle n'avait devant les yeux qu'un garçon de quinze ans, assez maigre pour passer entre le mur et le papier peint sans le décoller. En tout cas elle se tut et desserra peu à peu les poings, sans cesser de me fixer, les yeux exorbités.

Pfff... Pour une fois qu'il y avait une fille de mon âge, elle semblait vraiment atteinte.

Je déclarai très intelligemment :

– Rassure-toi, je ne mords pas, surtout quand je viens de manger.

Rien que le son de ma voix la tétanisa, et je me demandai si elle était en état de goûter l'humour, voire de percevoir que c'en était.

Elle semblait à peine plus jeune que moi, mince, cheveux bruns, mi-longs et raides, un visage ovale et une bouche petite – ou alors, c'est qu'elle la serrait pour empêcher les mots de passer. Elle était curieusement habillée d'une chemise d'homme dans laquelle on aurait pu en mettre deux comme elle et d'un jean trop grand aussi, replié en bas et plissé à la taille par une ceinture de cuir. Seuls ses tennis rouges semblaient à sa pointure.

Elle parut finalement décider que je n'avais rien d'un tueur sanguinaire, car elle demanda d'une manière qui me surprit, tant je m'attendais à ce qu'elle s'exprime par sons inarticulés :

– Qui es-tu ?

Je mimai le salut du mousquetaire qui ôterait un chapeau à grande plume :

– Liam Anderson, pour vous servir. Sans trop m'avancer, je crois pouvoir affirmer que tu n'es pas en danger de mort avec moi. Une pichenette et je m'écroule.

Elle n'eut pas un sourire. Elle regarda autour d'elle.

– On ne m'a pas... amené mes affaires ?

Je ne vis en effet pas de valise. Je fis le vieux loup blasé :

– Ne te tracasse pas. Ici, l'atmosphère empêche l'usure. De tout : des vêtements comme des personnes. Même pas besoin de médicaments.

Et je réalisai que c'était vrai : humains, tissus, même combat. Pour l'amadouer, je proposai :

– Je peux te faire ton étiquette, si tu veux.

– Une étiquette ?

– Avec ton nom, pour mettre sur ta porte. Au début, ce n'est pas facile de s'y retrouver, et je ne voudrais pas que tu rentres chez moi par inadvertance... Oh ! Je plaisante !

Elle s'était de nouveau tendue. Elle souffla :

– Tu crois que je suis en sécurité, ici ?

– Ben oui... Pourquoi ? Où crois-tu être ?

– Dans... une maison de repos...

La phrase avait légèrement monté à la fin, comme pour une question. Je la rassurai :

– Eh bien, c'est exactement ça. Repos en tout genre... De quoi as-tu peur ?

– ... Qu'il me retrouve.

– Qui ?

Ma question resta sans réponse. Je finis par dire :

– Je n'ai jamais vu personne entrer ici.

Exact... Et étrange, non ? En dehors des nouveaux pensionnaires annoncés par la cloche d'alerte, ni visiteur, ni fournisseur.

Comme elle continuait à se triturer les mains d'un air stressé, je poursuivis dans la diversion :

– Pour ton étiquette, il me faut ton prénom.

Aucune réponse.

– Bon, je vais déjà dessiner le décor. Tu regarderas la mienne, je me suis fait une guirlande de lutins. Sur la tienne, tu veux des sirènes ? (J'adorais dessiner les sirènes.)

Hélas, elle me répondit :

– Je veux des larmes.

# 14

Depuis que le manoir avait une nouvelle *bleue*, je me sentais plus sûr de moi, et c'est d'un pas alerte que je me rendis chez le médecin-chef. Son rôle était d'écouter ses patients, il devait savoir des choses concernant la fille.

La porte de l'annexe était à peine entrebâillée, ce qui concentrait sa lumière en une ligne brillante et colorée. Comme d'habitude, je fis semblant de ne pas y prêter attention, mais en me jurant cette fois de tirer ça au clair. Je me lançai :

– La nouvelle semble avoir de gros problèmes. Vous savez ce qui lui est arrivé ?

Le visage rond du directeur se fendit d'un sourire :

– Seras-tu très étonné, Liam, que je te réponde que cela ne te regarde pas ?

– Ben... je pourrais peut-être vous aider à la requinquer si je savais pourquoi elle est là.

– Voilà qui part d'une bonne intention, cependant c'est à chacun de trouver sa voie.

Je n'eus pas le loisir de protester, parce qu'il m'annonça qu'il devait vérifier quelque chose, et il quitta le bureau en me plantant là.

Je jetai un coup d'œil vers la lumière de l'annexe. Trop de chance ! Mon éducation condamnait sévèrement l'indiscrétion, mais je trouvai la parade : je l'appelai « curiosité intellectuelle » et me donnai l'absolution. Je poussai doucement la porte.

Sidérant ! La pièce, circulaire, était presque entièrement couverte par un écran, une carte du monde colossale. Europe, Asie, Amérique... Un planisphère lumineux, avec des couleurs incroyables. Les véritables couleurs de la nature ! Toutes les nuances de la mer y étaient, bleu, vert, et gris, et noir sous les nuages. Les rivières n'avaient pas le bleu de nos cartes de géographie, elles hésitaient entre vert et marron, comme si on les voyait d'avion.

C'était vraiment vu d'avion ! Très beau logiciel de cartographie !

J'observai la France, espérant qu'un point rouge m'indiquerait le lieu où je me trouvais, à la manière des plans de ville.

Je tressaillis. Quelque chose venait de changer... Malheureusement, je n'eus pas le temps d'étudier la question, un bruit de pas dans le couloir me ramena sur ma chaise.

J'étais sans doute un peu rouge, mais le docteur Roy ne le remarqua pas. Reprenant notre conversation où nous l'avions laissée, il me dit :

– Pour Cléa, essaye de l'apprivoiser, qu'elle s'habitue à cette maison.

« Cléa », c'était le nom de la nouvelle ?

Je lui assurai que je ferais de mon mieux et sortis. J'étais troublé par ma découverte. Une telle carte était inimaginable sans électricité. Fonctionnait-elle à l'énergie solaire ?

Si on était capable de produire de l'énergie, pourquoi n'avait-on rien d'autre d'électrique dans le manoir ? Cela confirmait le point de vue d'André : on nous privait volontairement de tout lien avec l'extérieur, et pas seulement en supprimant les visites. Pour notre bien ? J'aurais voulu en être sûr.

Dans le couloir, j'aperçus Emmerance en errance... Très drôle.

Non, pas drôle du tout, elle paraissait vraiment perdue. Elle me fit pitié, aussi je m'arrêtai :

– Il y a un problème ?

Elle répondit dans un souffle :

– Nous sommes la veille de la Toussaint...

Et ses larmes se mirent à ruisseler. Pfff... Pourquoi est-ce que toutes les filles donnaient dans la lamentation, ici ?

Enfin... toutes... il n'y en avait que deux.

J'eus honte de ma réaction. Léonidas n'avait pas tort : l'homme devait veiller sur la cité, c'est-à-dire sur les autres. En retour, la cité veillait sur l'homme – ça, c'était le chapitre qui manquait à son programme d'enfer (sauf si martyriser les enfants pour en faire des guerriers s'appelait « veiller sur »).

La Toussaint n'étant évidemment pas un jour très gai, je tentai de la distraire de ses tourments :

– D'où êtes-vous ?

Surprise par ma question, elle sécha ses larmes et répondit finalement :

– De Namur.

Namur... C'était en Belgique, non ? On avait donc des malades d'un peu partout. Elle ajouta :

– Le comté appartient au duc de Bourgogne.

Je crains d'avoir ouvert de grands yeux. Parce qu'à mon sens, il n'y avait plus de duc de Bourgogne depuis bien longtemps. Se triturant nerveusement les mains, elle chuchota :

– C'est la veille de la Toussaint que je devais me marier. Et Guilhem n'est pas venu. Depuis, je n'en ai plus de nouvelles. Je crains qu'il ne soit mort, et qu'on ne veuille pas me le dire.

Aïe ! Ma première hypothèse était la bonne, la pauvre fille était ici à cause d'un chagrin d'amour. Ne se sentant sans doute pas mûr pour le mariage, le fiancé avait pris la tangente...

– On ne connaît pas toujours bien les gens, dis-je comme si j'avais une grande habitude des affaires de cœur.

Ses yeux s'emplirent de désespoir, elle cacha son visage dans ses mains et s'enfuit.

Je me sentis en dessous de tout. Pour s'occuper des autres, il ne suffisait pas de leur demander ce qui n'allait pas, il fallait vraiment les écouter.

J'essayerais de faire mieux avec Cléa.

À vrai dire, j'avais hâte de la revoir.

Après le cours de maths, je me dirigeais vers sa porte quand Léonidas surgit, casque sur la tête (le nasal divisant son visage en deux), plaques de protection aux jambes et bouclier au bras. Un bouclier orné d'une tête de folle hurlant, avec des cheveux en forme de serpent. Parfait pour l'ambiance.

À sa ceinture, une épée remplaçait sa matraque. Il me lança :

– Défends-toi !

Et il me jeta l'épée qu'il tenait à la main. J'ignore si j'étais censé l'attraper au vol, mais elle tomba sur le plancher. Je ne vous dis pas la trouille qui me saisit. Mes jambes réussirent par chance à démarrer et à me projeter dans ma chambre comme un boulet de canon.

– Fuir est honteux ! cria Léonidas. La seule mort qui vaille est la mort au combat ! Avec des blessures devant et non dans le dos !

Si, au lieu d'une épée, il avait tenu un javelot, je serais déjà mort. Avec des blessures dans le dos, comme un lâche.

Ce type était un malade dangereux !

Je restai un moment prostré. Puis je saisis mon bloc à dessin et ébauchai des motifs sans queue ni tête. Enfin si, avec une tête : celle que j'avais vue sur le bouclier. Le nom de ce personnage avec des serpents pour cheveux me revint alors : une Gorgone, une créature maléfique censée vous pétrifier de son regard.

Et, honnêtement, j'avais bien failli être pétrifié.

Quand j'eus assez ruminé, je décidai de m'occuper de Cléa. De son étiquette. Joli nom, jolie fille. Je disais ça avec détachement, histoire de me faire croire que j'étais blasé au sujet des femmes.

Dans un souci d'unité, j'écrivis son prénom sur un papier de la même taille que le mien. L'entourer de larmes, non. Je fis un soleil perçant un nuage qui laissait tomber sa dernière goutte de pluie et, en dessous, une main en coupe (je pris modèle sur la mienne) qui la recueillait pour la verser sur une fleur. Puis cette goutte roulait vers la mer... où je réussis à placer une sirène peignant ses cheveux sur un rocher.

Quand, mon cadeau à la main, je frappai à la porte de Cléa, elle entrouvrit avec méfiance. Je réalisai alors que je ne l'avais pas réellement vue, la veille. Derrière le petit être apeuré, il y avait la vraie personne, j'en fus frappé. Très jolie, une peau brune et délicate, un nez légèrement pointu avec, au bout, une petite cicatrice ovale (varicelle ?) qui me sembla craquante. J'en perdis un moment le souffle, comme si je venais de découvrir que je possédais le ticket gagnant du loto. Heureusement, emporté par mon élan, je réussis à remettre mes rouages en route et à lui tendre le dessin comme je l'avais prévu :

– Voilà.

Elle se contenta de hocher la tête.

J'en ressentis une brûlure. D'accord, ce n'était pas tout à fait ce qu'elle avait commandé, mais je m'étais quand même décarcassé.

Puis je me grondai : j'étais déçu par pur égoïsme. Depuis le début de ma maladie, qui m'avait mis au centre du monde, la moindre de mes paroles était attentivement écoutée, la moindre de mes réalisations acclamée. Je devais me résoudre à être redevenu ordinaire et à ne pas être remarqué par une fille que j'aurais aimé éblouir. Je pris sur moi pour afficher de la décontraction :

– Je te l'accroche ?

Hochement de tête. Pas un sourire. Elle devait croire qu'illustrer des étiquettes était ma fonction ici, car elle me dit merci du même ton que si je lui avais passé le pain à la cantine.

J'accrochai l'étiquette à sa porte et, histoire de m'incruster un peu, je jetai un coup d'œil par sa fenêtre puisque, cette fois, les rideaux étaient ouverts. Je m'exclamai :

– Suite avec vue sur mer ! Quelle chance !... Et tu as même une araignée ! (Il y avait en effet une toile dans l'angle d'un carreau.) C'est la première fois que j'en vois une ici. Tu veux que je la mette dehors ?

Si je voulais jouer les défenseurs de faibles femmes, ma proposition tomba à plat. Ce n'était pas le genre de fille à hurler à la vue d'une bébête à grandes pattes. Elle dit juste :

– Laisse-la. Je me sens mieux depuis qu'elle est là.

Ah… Dommage. Et sympathique que cette araignée ait plus de succès que moi. Je m'étonnai :

– Elle n'y était pas quand tu es arrivée ?

Cléa secoua la tête :

– Non.

Pas facile, la conversation. Je tentai :

– Qui t'a envoyée ici, tes parents ?

– Mon père. Je n'ai plus ma mère.

Sept mots. Je m'accrochai :

– C'est la mort de ta mère qui t'a démolie…

Elle me regarda avec surprise et colère.

– Je l'ai perdue il y a longtemps ! Tu ne vas pas faire comme les autres ! « Pauvre petite qui a perdu sa mère ». Je ne m'en souviens plus de ma mère ! Bien sûr, j'aurais voulu en avoir une, mais je ne la connais pas ! JE NE LA CONNAIS PAS ! (Elle piquait carrément une crise !) Va-t'en ! Va-t'en !

Wouuuh. Je reculai. Quand elle n'était pas paniquée, elle était paniquante.

Elle s'arrêta d'un coup et s'affaissa sur le lit :

– Il faut que je me repose… Il faut que je me repose…

À moitié choqué, je sortis et refermai la porte. Comme consolateur des âmes tourmentées, ce n'était pas mon jour.

Enfin… cette mini-débâcle perdit vite de son importance, à cause de ce qui se passa ensuite.

# 15

Je me vengeai de l'attitude de ma voisine en confectionnant des étiquettes de porte pour tout le monde, histoire qu'elle ne découvre pas qu'elle avait bénéficié d'un régime de faveur.

Pour Emmerance, je dessinai une fée filant la laine avec un rouet. J'espérai que ça me rachèterait un peu à ses yeux. Elle sembla émue quand je lui apportai son cadeau, sans pour autant me décocher un mot.

Le nom de Fanny était écrit en points de couture et entouré de soleils dardant sur eux leurs rayons. Elle m'affirma avec douceur que mes soleils la réchauffaient déjà.

Pour André, j'avais choisi des cartes à jouer, des as, des dames qui souriaient d'un air aimable (j'avais essayé d'imiter la Joconde, mais bon...), des valets qui apportaient des plateaux chargés de victuailles et des rois qui se battaient à coups de polochons.

Le capitaine eut un bateau entouré de poissons volants et Christophe des figures géométriques avec des dents, et qui se mordaient les unes les autres. Pour la première fois, je l'entendis rire.

L'institutrice se retrouva avec des cahiers et des livres entassés (ceux qui étaient écrasés dessous hurlaient), des porte-plumes dansant la valse et une bouteille d'encre renversée par les valseurs maladroits.

Seul Léonidas n'eut aucun dessin (non mais !), et il ne m'en réclama pas.

Le lendemain matin, encouragé par les compliments de mes *codétenus*, je me permis de passer chez Cléa pour l'inciter à descendre au petit déjeuner.

Aucun succès.

À midi, pareil.

Le soir, armé d'une bougie (j'étais sûr qu'elle n'allumait pas son lustre), je frappai. Quand j'eus estimé qu'elle m'avait entendu, j'ouvris avec circonspection. J'avais du mérite parce que, dès que j'approchais de sa porte, je perdais le souffle. Pour tout avouer, je passais mon temps à tendre la main en pensée vers sa poignée.

Elle était tassée sous le piano ! Je m'approchai, en apnée (je ne me rappelais plus comment on faisait pour respirer), allumai avec ma bougie le chandelier de son bureau et m'assis en face d'elle sur le plancher, en prenant garde à ne pas la toucher, puisque c'était interdit. Et je fis mon psy à deux balles :

– Je suis arrivé ici il y a peu de temps, aussi j'imagine ce que tu ressens. Mais rester seul dans son coin n'est pas une solution.

Aucune réponse, elle serrait ses genoux contre elle comme pour tenir le moins de place possible. La lueur des bougies dessinait des ombres mouvantes qui créaient une chaude intimité, pourtant elle ne se détendait pas.

J'essayai de la mettre en confiance en lui parlant d'abord de moi :

– J'ai été malade pendant longtemps, ça m'a fait comprendre qu'on n'a qu'une vie et qu'il ne faut pas la gâcher. Ici, on participe à la recherche, dans une atmosphère très particulière, profitons-en. (Tiens, j'en avais pris mon parti ?) D'ailleurs, depuis mon arrivée, je me sens mieux. Je ne me rappelais même plus qu'on pouvait se sentir aussi bien. Et sans médicaments ! Tu as été malade aussi ?

Elle secoua négativement la tête. Pourtant, elle savait qu'elle était en maison de repos. J'insistai, avec une phrase à laquelle elle ne pourrait pas répondre en secouant la tête :

– À la suite de quel problème es-tu arrivée ici ?

– Il faut que je me repose...

Ça, elle l'avait déjà dit. Je tentai :

– Pas d'une maladie, si j'ai bien compris.

Elle entrouvrit la bouche, hésita puis, finalement, elle souffla :

– Un choc.

– Qu'est-ce qui t'est arrivé ?

– J'ai été...

Comme elle bloquait, j'essayai :

– Renversée par une voiture ?... Renvoyée du collège ? Témoin d'un accident ? D'un meurtre ?

Elle eut une sorte de spasme, puis elle cria :

– Va-t'en ! Fous-moi la paix !

Ça me fit l'effet d'un coup de poignard. Qui se transforma illico en une colère noire. Je sortis en claquant la porte. J'étais affreusement vexé. Comme psy, je pouvais repasser.

La rage me bloquait la respiration, c'est pourquoi le coup sourd qui ébranla le manoir me prit de plein fouet sur des poumons vides. Un son à la fois grave et violent, comme celui d'un gong gigantesque.

Douze coups. Sauf qu'à mon avis il n'était pas minuit.

La main sur la poignée de ma porte, j'écoutai sans bouger.

Raoul déboucha alors au bout du couloir, le visage animé par les flammes de deux cierges gros comme ceux des églises. Malgré son attitude toujours digne, il semblait tourmenté. Il me tendit un cierge en disant :

– C'est l'heure. Veuillez me suivre, monsieur.

L'heure de quoi ? Mystère.

Puis il frappa chez Cléa et, au bout d'un moment, réussit à se faire ouvrir.

Se défouler sur moi semblait lui avoir réussi, car elle me parut presque calme. Raoul lui tendit l'autre cierge :

– C'est l'heure. Veuillez me suivre, mademoiselle.

Je pris alors l'air du vieux blasé, le menton un peu haut, et emboîtai le pas à Raoul sans un mot, comme si j'étais au courant de tout, alors qu'évidemment je ne savais rien. Aux légers craquements du plancher, je devinai que Cléa suivait. Sa présence me provoquait une sensation de chaleur dans le dos. C'était la première fois qu'elle acceptait de descendre, ce qui acheva de me persuader que nous étions en train de vivre quelque chose de très particulier.

Le docteur Roy nous attendait dans le hall avec les autres, tous munis du même cierge. Léonidas était en grande tenue, casque, jambières et bouclier, épée à la ceinture. Sur sa tunique rouge, il avait revêtu une cuirasse métallique qui semblait avoir été moulée sur son corps, car elle reproduisait la forme exacte de ses pectoraux. Brrr... Je me promis de me tenir le plus loin possible de lui.

Je n'eus aucun mal : chacun se positionna derrière Raoul dans un ordre mystérieux. (Par taille ? Par date d'arrivée ? Par affinité ?) En tout cas, Cléa et moi, on se retrouva au bout. Raoul était devant, portant une grosse caisse de fanfare. Venaient ensuite le docteur Roy et Léonidas, puis les autres.

J'évitai de regarder Cléa et conservai avec elle une prudente distance de sécurité.

Raoul commença à frapper sur sa grosse caisse avec une baguette terminée par un cylindre de feutre. Boum... boum... boum... Et il se mit en marche.

Tout le monde démarra en émettant des bruits de gorge sur la même note grave. Hummmm...

On se serait cru dans un film d'horreur.

On arpenta le hall de long en large en produisant toujours le même ronflement sourd. Complètement stressant. Hummmm... Le défilé des fous. Douze allers et retours ! J'étais tombé dans une secte. La hantise de mes parents ! Pour m'envoyer ici, ils avaient dû se faire atrocement manipuler !

Devant moi, les criquets étaient d'un sérieux mortel. Qu'est-ce qu'on faisait ?

Puis le cortège changea de direction et s'engagea dans l'escalier. Toujours avec le même son guttural accompagné par la grosse caisse.

Je perçus chez les criquets un soulagement de quitter le hall et profitai du ralentissement en bas de l'escalier pour souffler :

– Pourquoi on fait ça ?

Pol chuchota :

– C'est la nuit de tous les dangers.

Il était un peu bizarre.

– Et... on le fait souvent ?

À sa mimique, je compris que ce n'était pas la première fois. Puis il me tourna le dos, comme s'il ne voulait plus répondre à mes questions. C'est André qui grinça entre ses dents :

– Une fois par an.

La peur qui imprégnait cette étrange cérémonie plantait ses griffes en moi, et je voyais une menace dans chaque ombre générée sur les murs par la lueur des cierges. Léonidas tourna en haut de l'escalier. Lui qui paraissait n'avoir peur de rien semblait préoccupé. On emprunta le couloir des chambres, on le suivit jusqu'au bout, puis on tourna dans un autre, et encore un autre...

J'étais de plus en plus crispé. Les « dangereux » ne participaient pas à cette étrange cérémonie, mais je sentais leur présence quelque part, et je craignais qu'on ne tombe sur eux. D'autant plus que je fermais la marche. En compagnie d'une fille complètement givrée ! Je jetais sans cesse des regards derrière moi.

Quand on monta un escalier que je n'avais jamais vu, je me tendis encore plus, parce que j'étais sûr que les fous dangereux étaient enfermés en haut.

Inutile de décrire mon soulagement quand on commença à redescendre. On avait arpenté tout le manoir marche par marche, couloir par couloir... En abordant le dernier escalier, je remarquai qu'Emmerance marchait juste derrière Léonidas, ce qui prouvait que le Spartiate ne l'effrayait pas. Un type de cette trempe ne s'attaquait pas aux femmes, juste aux jeunes guerriers *au-dessous de tout*, qui n'avaient jamais appris que la vie, c'était de la fermer, d'obéir et de se battre quand on en recevait l'ordre.

De retour dans le hall, on en fit sept fois le tour, puis le cortège s'arrêta, et le docteur Roy nous dit en levant la main comme pour une bénédiction :

– Allez en paix.

Voilà, on regagna les chambres.

Pas en paix du tout.

Du moins pour ce qui me concernait.

# 16

Pour me changer les idées, je me réattelai au problème de ma valise. Bon exercice pour un futur enquêteur privé. Si je découvrais qui avait écrit ce message, j'aurais peut-être une piste. Le chauffeur de taxi, le personnel de l'hôpital ?

Je demandai aux criquets s'ils connaissaient une « maison de Lays », mais non. Christophe et l'institutrice n'en avaient jamais entendu parler non plus. Ou alors, ils jouaient la comédie.

Je ne pensais plus à Cléa. Je ne voulais plus y penser. Je trouvais juste dommage que les seules filles de ma génération soient infréquentables. (Ce qui était évidemment une simplification extrême du torrent qui roulait dans ma tête.) Emmerance parce qu'elle était monomaniaque, Cléa parce qu'elle était détestable – moyennant quoi on ne pouvait que la détester. Alors qu'on se trouvait tous dans le même bateau et qu'il aurait mieux valu s'entendre !

De toute façon, Cléa, je ne la voyais jamais. Elle ne descendait pas à table, elle se faisait servir dans sa chambre. Que des portions minuscules. Ou elle avait un estomac d'oiseau, ou elle était au régime.

Ce jour-là, je fus donc très surpris de la voir arriver à la bibliothèque. Christophe m'annonça :

– Si ça ne t'ennuie pas, Cléa suivra les cours de maths avec toi.

*Si ça ne m'ennuyait pas* ! Comme s'il se souciait de mon avis ! Est-ce que je pouvais répondre « Ah non, je refuse » ?

Pire, il ajouta :

– J'ai pensé que refaire avec elle des exercices de troisième ne te nuirait pas, tu corrigerais tes petites faiblesses.

Et allez donc, rajoutons-en une couche ! « Mes faiblesses », devant ma pire ennemie !

Je grognassai un truc inaudible et m'assis en prenant l'air de m'en moquer comme de l'an quarante. Mais je ruminai.

À la fin du cours, au lieu de rester faire mes devoirs sur place, je sortis sans un mot et m'enfermai dans ma chambre. Christophe saurait au moins qu'il avait commis une gaffe.

De toute façon, plus rien n'avait d'importance, j'allais rentrer chez moi. Je ne resterais plus longtemps dans cette ambiance pourrie. Il fallait juste que je trouve comment joindre mes parents.

Leur écrire ? Le problème serait de poster la lettre. Je décidai de me renseigner auprès des autres.

Après le repas de midi, j'allai retrouver Christophe, André et le capitaine qui jouaient aux cartes dans la pièce ronde d'une des tours.

L'institutrice y était aussi. Assise à une petite table dont le pied central s'évasait en pattes de lion, elle lisait un livre. Dans ma fureur, j'avais oublié le cours d'orthographe, cependant elle ne me fit aucune remarque. Ici, chacun était libre.

– Dites donc, demandai-je à la cantonade, vous savez comment envoyer du courrier, d'ici ?

Christophe secoua la tête, et André grommela :

– On ne peut pas. Et je parie que le courrier qui arrive est confisqué par la *direction* (ce dernier mot prononcé avec dégoût).

Christophe protesta :

– André ! Tu crois toujours au complot !

Je me rangeai de son côté :

– Qu'on n'ait pas le droit de recevoir de courrier, passe encore, mais j'ai besoin d'écrire à mes parents !

Le capitaine éclata d'un rire moqueur :

– Tes parents ! À ton âge j'étais embarqué depuis des années, et pas question d'aller pleurnicher dans le gilet de mon père. J'avais déjà pris plus de coups de fouet que tu n'auras de biscuits de toute ta vie.

De biscuits ! Quel bouffon ! Je répliquai :

– Ce n'est pas parce que vous avez eu une enfance malheureuse que ce doit être pareil pour les autres. Je suis sûr que mes parents aimeraient avoir de mes nouvelles.

Christophe déclara alors :

– Ne vaut-il pas mieux que tu t'habitues peu à peu à en être séparé ?

Sa réplique me stupéfia, je le croyais plus ouvert. Je rétorquai :

– Parce qu'un adolescent est censé faire comme si sa famille n'existait pas ?

– Disons... qu'à un moment ou à un autre, les enfants doivent quitter leurs parents.

Le capitaine frappa sur la table :

– Il faut que tu grandisses !

La colère me saisit :

– P'tain, vous faites tous chier !

Il y eut un silence sidéré, et l'institutrice soupira :

– Si j'avais parlé une seule fois sur ce ton, mon père m'aurait enfermée au pain sec et à l'eau.

Le capitaine ricana :

– Aucun risque, vous ne connaissez même pas l'existence de ce genre de mots !

Elle contesta :

– Je n'ai pas été élevée sur un bateau, nonobstant j'ai entendu quelques expressions très crues dans la rue. Et une fois, j'ai crié « Zut » à une camarade de classe.

– Je comprends que vous ne vous soyez jamais mariée, se moqua le capitaine. Quel homme voudrait d'une femme aussi vulgaire ?

Elle fondit en larmes, et Christophe grogna :

– C'est intelligent, capitaine ! Est-il utile de faire de la peine aux autres ?

– Pardonnez-moi, dit le pirate d'un air pas contrit du tout.

Quelle bande de faux jetons ! Pour qui me prenaient-ils ? J'en avais marre, plus que marre ! Il fallait que je fiche le camp d'ici tout de suite !

Je ressortis en claquant la porte.

À peine dans le couloir, j'entendis celle-ci se rouvrir derrière moi.

– Liam, attends !

C'était Christophe. Je m'arrêtai en arborant un air bien excédé.

– Excuse-moi, je ne voulais pas te vexer. Je comprends que tu veuilles garder un lien avec tes parents. Moi-même, à l'âge que j'ai, je regrette de ne pouvoir parler aux miens, leur dire qu'ils me manquent et que je les remercie d'exister.

Je bougonnai :

– Ouais, du courrier, ce n'est pas trop demander !

– Je suis assez d'accord avec toi mais, crois-moi, puisque c'est ainsi, mieux vaut accepter... Tu me sembles d'une humeur de chien, ces temps-ci. Je me trompe ?

Je ne répondis pas.

– C'est parce que Cléa suit les cours avec toi ?

– Boh ! Je m'en tamponne.

– Rien qu'au vocabulaire, on ne le dirait pas, non...

Je craquai :

– Qu'est-ce qui vous étonne ? Ça vous a paru sympa de parler devant elle de mes faiblesses en maths ?

Il me considéra avec surprise. Puis il secoua la tête.

– Cléa se moque bien de ça, tu sais... Vouloir être le meilleur est très masculin, et elle ne te jugera sûrement pas d'après ton niveau en maths. Les garçons mettent leur honneur dans de drôles d'endroits.

Je protestai :

– Je sais reconnaître mes faiblesses. Je vous ai averti que vous auriez du boulot avec moi !

– Parce que je l'aurais vite découvert. Prévenir est aussi un moyen de se protéger des jugements.

– Oh ! Il y a assez de psys dans cette maison sans vous y mettre aussi !

Il eut un sourire narquois :

– Je veux juste te dire qu'à mon avis, Cléa n'y a même pas prêté attention. Et si elle l'a fait, cela ne te rend que plus humain à ses yeux.

– Alors ça je m'en fiche !

Évidemment, ce n'était pas vrai. Comme la rage me quittait peu à peu, j'interrogeai d'un ton encore rogue :

– Vous savez ce qui lui est arrivé ?

– Elle a été victime d'un enlèvement.

– D'un enlèvement ? Un vrai enlèvement, avec demande de rançon, ce genre de choses ?

– Je ne connais pas le détail. Je sais juste que ça s'est passé à Brest.

Reprenant du poil de la bête, je m'informai :

– Comment a-t-elle été libérée ? Son père a payé, ou elle a été retrouvée par la police ?

– Elle ne s'en souvient pas.

– Ça, c'est le traumatisme, affirmai-je d'un air entendu.

Après tout, j'étais fils de psy.

Christophe ajouta :

– Tu devrais essayer de te lier un peu plus avec elle. Parler avec toi lui ferait du bien.

– Vous rigolez, là... Sympa comme elle est !

Christophe me regarda avec un léger reproche dans les yeux :

– Liam...

Je haussai les épaules. À vrai dire, je me trouvais un peu gamin d'avoir réagi de cette façon vis-à-vis d'une fille très perturbée par une aventure dont je ne savais rien, et qui vivait encore dans une angoisse terrible. Je soupirai :

– Vous avez raison, j'ai été nul. (Je le gratifiai d'une grimace.) Les garçons aussi arrivent parfois à reconnaître leurs torts. Surtout s'ils ont de la grandeur d'âme comme moi !

Il m'adressa un sourire complice.

Je revis en pensée la petite cicatrice ovale sur le nez de Cléa. Je n'étais plus en colère du tout. Je cherchais juste comment recoller les morceaux avec elle. Sans m'en apercevoir, j'avais de nouveau fait une croix sur mon envie de filer.

# 17

Bon. J'allais faire un effort. Et puis, Cléa, je ne la détestais pas. Je n'étais pas très fier de mon attitude maintenant que je savais de quelle galère elle sortait. Du coup j'eus une idée : lui proposer des cours d'anglais. Sous forme de conversation, évidemment, parce que pour expliquer la grammaire... J'étais comme monsieur Jourdain avec la prose dans *Le bourgeois gentilhomme*, je l'utilisais sans en avoir conscience.

Ce cours nous permettrait de discuter mine de rien et, en plus, me donnerait une petite supériorité qui compenserait mes faiblesses en maths. (Ce dernier avantage, je ne me le formulai pas clairement. On a sa fierté.)

Elle refusa mes cours ! Elle n'avait pas envie de parler, me dit-elle.

Sa réponse aurait pu me miner le moral, mais j'étais en gros progrès, car je lui répondis que je comprenais, que si elle se décidait un jour, ma proposition tiendrait toujours. Et elle me remercia ! Je crois qu'elle m'était reconnaissante d'avoir fait un pas vers elle et regrettait de m'avoir jeté comme un malpropre – bien qu'elle n'en ait rien dit. Elle avait sa fierté aussi.

En tout cas, j'en déduisis qu'elle allait mieux, même si on ne pouvait pas encore dire qu'elle allait bien.

Malgré ma déception au sujet de l'anglais, je me sentais dans une euphorie permanente. J'avais la curieuse impression de connaître Cléa depuis longtemps, depuis toujours, et je me demandai ce qui m'avait pris de lui en vouloir pour des bêtises. Je me rappelai la sensation de chaleur qui m'avait envahi en entrant dans sa chambre la première fois, avant même de la voir. Et le lendemain, en la découvrant vraiment, cette lumière qui m'avait ébloui. Cléa faisait partie de mon destin, j'en étais persuadé.

Mais elle non. Si elle ne rejetait plus ma présence, elle ne la recherchait pas non plus. Et toujours impossible de l'attirer au restaurant pour les repas. La seule idée de descendre l'effrayait, j'ignorais pourquoi.

Décidé à lui faire quitter sa tour d'ivoire, j'allai voir Raoul. Oui, j'avais fini par en prendre mon parti : bien qu'il m'agace à lire en moi comme si j'étais en cristal, il était incontournable. Je lui demandai s'il était possible d'organiser un pique-nique dans le parc, et il me répondit :

– Rien ne s'y oppose, monsieur. Donc, un pique-nique pour deux.

Je ne lui avais pas dit que c'était pour deux !... Et je fus sûr qu'il savait déjà qui était l'autre personne ! Ça me ré-agaça.

J'avais choisi de présenter à Cléa le projet déjà ficelé, pour qu'elle ne puisse pas refuser. D'autant qu'il lui était difficile de prétexter un emploi du temps chargé ou un rendez-vous à l'extérieur.

Elle accepta donc.

À midi, je l'emmenai dans le parc. On trouva sur le sable un tapis couvert de petits plats parmi lesquels on pouvait choisir. Plusieurs viandes et légumes – ce que j'aimais et ce qu'elle aimait, on le remarqua. On pouvait reprocher bien des choses à la direction, mais pas de lésiner sur la nourriture, ni pour la qualité ni pour la quantité.

Et les cuisiniers étaient remarquables : jamais rien de brûlé, tout était délicieux. Moi qui avais longtemps été dégoûté des aliments, j'en profitais à fond. Au moins, je garderais ce souvenir positif de mon séjour ici.

Il n'y avait qu'une chose que je n'avais pas prévue… Mais comment la prévoir ?

On était à peine assis que le regard de Cléa se figea. Puis elle ouvrit la bouche avec effroi, bondit sur ses pieds et entra dans la mer.

Vite, je la suivis :

– Cléa !

De l'eau jusqu'aux genoux, elle se retourna, l'air paniqué. Je m'arrêtai net, de peur qu'elle se sente agressée.

– Qu'est-ce que tu as ?

– La cheminée, me dit-elle en tendant un doigt tremblant pour désigner le cylindre en briques planté dans l'herbe. C'est là !

Je demandai avec prudence :

– C'est là que quoi ?

Elle ouvrait des yeux exorbités.

– C'est là… que j'étais enfermée !

Je crus à une crise de folie :

– Enfermée dans la cheminée ?

– Non ! Je… la voyais par le soupirail de la cave !

La peur me saisit à mon tour :

– Tu veux dire… que tu étais détenue dans ce manoir ?

Elle ne répondit pas, fixant la cheminée avec effroi. Je tentai de raisonner :

– Attends, attends... Comment es-tu arrivée ici ?

– Un taxi... avec des sièges de cuir blanc.

Le même que le mien.

– Donc, on t'a amenée d'ailleurs, on ne t'a pas juste fait remonter d'une cave.

Elle restait crispée. J'aurais voulu la prendre par la taille pour lui faire regagner la plage, mais c'était interdit, alors je la persuadai de la voix :

– Allez viens...

Elle était dans l'eau jusqu'aux genoux, et moi jusqu'à mi-mollets, ce qui me fit plaisir : j'étais plus grand. Christophe avait raison, les garçons mettaient leur fierté dans de drôles d'endroits.

Encore que, pour moi, ce soit vraiment important puisque ça prouvait que, même si la maladie m'avait laissé une dégaine de recharge de stylo à bille, elle ne m'avait pas empêché de grandir. Et puis ma haute taille me donnait un peu plus l'allure d'un défenseur, et Cléa semblait en avoir besoin.

Elle finit par céder. On remonta sur la plage, où je profitai de l'accalmie pour placer mes questions :

– Qui t'avait enfermée ?

Elle ne répondit pas.

– Tu as bien été enlevée ?

Et là, elle éclata en sanglots.

Pffff...

Elle se laissa tomber sur le sable, et je vis que son jean était sec. Le mien aussi. M'asseyant en face d'elle, je lui dis d'un ton rassurant :

– Tu es dans une bonne maison, tu vas te remettre, et la mémoire te reviendra.

Elle me regarda avec une sorte de désespoir qui me fit penser qu'elle n'avait pas envie de se souvenir. Finalement, elle souffla :

– Oui. Je suis à l'abri...

Au manoir elle ne se sentait donc pas « en prison », mais « à l'abri ».

J'avais passé mes jambes de chaque côté d'elle, comme pour la cuirasser de partout, et j'eus l'impression qu'elle se sentait en effet protégée. Par un *gringalet*, faible en maths de surcroît !

Elle essuya les larmes. J'eus terriblement envie de lui prendre les mains et de sécher moi-même ses joues... Au lieu de ça, je m'exclamai d'un ton un peu trop gai :

– Eh ! C'est fini, tout ça ! Tu es libre, maintenant !

Elle secoua la tête :

– Pas tant que je ne me serai pas rappelé...

Sa clairvoyance après un tel blocage m'étonna.

– Se rappeler fait parfois plus de mal que de bien, décrétai-je, reprenant mon côté vieux-loup-qui-a-tout-vu.

– Ne pas me rappeler m'empêche de respirer, tu comprends ? J'ai l'impression que le danger est toujours là, à me menacer…

Je finis par demander :

– Qu'est-ce que tu te rappelles, au juste ?

– Un homme m'a jetée dans le coffre d'une voiture. J'ai voulu croire à une blague de ma copine Bleuenn, parce qu'elle adore ce genre de truc et que, justement, elle n'était pas avec moi. Dans sa famille, on aime organiser « des coups », avec des scénarios compliqués, de vraies pièces de théâtre. Pour me calmer, je me persuadai qu'au moment où le coffre se rouvrirait, je verrais son visage hilare et j'entendrais : « Surprise ! » (Elle reprit péniblement sa respiration.) Mais au lieu de ça, on m'a bandé les yeux et attaché les mains. Après, c'est le trou noir. Juste la cheminée…

Je tentai de rassembler les renseignements sûrs :

– En arrivant, tu avais les yeux bandés. Et en partant ?

– Je ne me rappelle pas. Je crois que mon ravisseur m'avait fait boire un somnifère.

Pas terrible, comme information : on avait pu lui faire faire juste un tour en taxi et la ramener au point de départ.

J'observai le manoir d'un œil méfiant. À gauche du chemin en pente qui rejoignait la porte, on voyait des soupiraux au niveau du sol, tous murés. Il y avait sous notre étage des pièces à demi enterrées... Des caves ? Les cuisines ? Oui, au moins les cuisines. Dans les grosses maisons d'autrefois, elles étaient toujours en bas, et je ne les avais vues nulle part ailleurs.

Je m'inquiétai :

– À l'arrivée, tu as descendu des marches ?

– Oui... Ça puait le bois humide.

Elle eut un nouveau frisson qui me fit penser que c'était pour ça qu'elle ne descendait pas au restaurant. Elle avait été enfermée dans un sous-sol et en gardait une phobie des escaliers.

Elle reprit :

– Je n'avais qu'un peu de jour par le soupirail, et tout ce que je voyais à travers la vitre sale, c'était cette cheminée plantée dans l'herbe.

Je proposai (sans trop y croire) :

– Peut-être une cheminée identique.

Mais j'étais sûr qu'elle avait raison. Une cheminée aussi courte, donc assez vieille pour que le temps ait enterré le foyer qui se trouvait au pied, il ne devait pas y en avoir des centaines. Il fallait que je mène mon enquête.

# 18

Je ruminai toute la nuit au sujet du manoir et de sa vraie nature. Si les cuisines étaient en bas, il y avait forcément un moyen d'y descendre.

Le lendemain matin, quand j'arrivai dans le hall, mon regard fut attiré par la porte entre les deux volées d'escalier. Je n'y avais pas vraiment prêté attention, mais elle menait évidemment au niveau inférieur. Et, au niveau inférieur, il y avait sans doute autre chose que les cuisines...

J'attendis que Fanny et l'institutrice entrent au restaurant et m'approchai de la porte. J'appuyai avec discrétion sur la poignée... C'était fermé à clé !

Une cavalcade dans l'escalier m'annonça les criquets. Je me demandais toujours comment ils arrivaient à courir si vite avec des tongs. M'apercevant près de la porte, ils pilèrent net :

– T'es fou ! Faut pas rentrer là !

Ils semblaient effrayés.

– Pourquoi ?

– Y'a des fantômes !

Et ils n'avaient pas l'air de plaisanter !

Tiens tiens... On leur faisait croire qu'il y avait des fantômes en bas pour qu'ils ne se montrent pas trop curieux... Je préférai ne pas insister et les accompagnai à la salle de restaurant.

En entrant, j'eus une bonne surprise : Cléa était là ! Devant un bol de céréales avec fruits secs, blé, flocons d'avoine et maïs soufflé. En un mot du muesli.

Tout le monde l'observait avec curiosité, comme si ce petit déjeuner était d'une grande originalité. Les criquets le trouvèrent génial et déclarèrent qu'ils voulaient le même le lendemain. Le débat s'engagea : est-ce qu'on avait le droit de changer le menu visiblement décidé par nos parents ?

Je n'y participai pas, toujours préoccupé par la porte. Il fallait que je parle à André, qui était le plus soupçonneux au sujet du manoir.

Je m'arrangeai pour ressortir en même temps que lui, sans attendre Cléa, et le rattrapai dans le hall.

– André, chuchotai-je, j'ai cru comprendre que vous vous méfiiez de cette maison de repos...

– Tu parles ! Une prison gardée par les rois du lavage de cerveau.

– Du lavage...

– Ils tiennent toujours des propos lénifiants, tu n'as pas remarqué ? *Tout va s'arranger, on va bientôt rentrer à la maison*. Mais comme par hasard, ce n'est jamais le moment. (Il baissa encore la voix.) Méfie-toi du docteur Roy. Il pose beaucoup trop de questions. Moi, je ne lui lâche rien. Et pourtant, cela fait des années qu'il me harcèle.

Des années ? Alors je ne m'étonnais pas qu'André ait renoncé à s'enfuir. Sa fiancée avait dû se marier, et il trouvait plus noble de se persuader qu'elle était trop bien pour lui. Je m'inquiétai :

– Depuis combien de temps êtes-vous ici ?

– Comment savoir ? Il n'y a ni pendule ni calendrier. Il faudrait noter les jours, et je ne l'ai pas fait.

Moi non plus. Mais Emmerance, si. Sans doute parce qu'elle comptait le temps depuis lequel elle était séparée de son Guilhem.

– En plus, reprit André, la température constante empêche qu'on se repère aux saisons.

Juste. D'après Emmerance, on était en novembre, et pourtant il ne faisait pas froid.

– Vous pensez que Roy veut nous tromper ? Qu'il ne nous laissera jamais sortir ?

André baissa la voix :

– Je crois qu'on ne sort d'ici que les pieds devant, pour gagner l'enfer ou le paradis. Et tous ceux qui ont disparu l'ont fait aussitôt après avoir parlé au médecin-chef. Alors motus et bouche cousue.

– Il y en a qui disparaissent ?

– Plusieurs depuis que je suis ici.

Ça me glaça. Le docteur Roy savait déjà beaucoup de choses sur moi. Et plus que je ne lui avais révélé, s'il détenait bien le dossier transmis par le docteur Baglon.

Non non. Mes parents ne m'auraient pas envoyé dans un coupe-gorge ! Je suggérai :

– Sans doute qu'ils sont guéris et rentrent chez eux.

Il me regarda d'un air de me prendre pour un naïf et ajouta en me montrant la porte :

– Tu l'observais, tout à l'heure… Eh bien, à mon avis, ceux qu'on ne voit plus sont là.

Atterré, je soufflai :

– Ils sont prisonniers ?

– Prisonniers ou morts.

Je tentai de relativiser :

– On raconte souvent des trucs… Les criquets croient que ce sont des fantômes qui vivent là.

Il n'ironisa pas comme je m'y attendais. Il lâcha :

– C'est en effet un bruit qui court.

Des fantômes ! Incroyable comme les gens étaient crédules ! Oh non, ce n'étaient pas des fantômes, pas plus que des fous dangereux. On détenait ici des prisonniers à rançon ! Dans une maison de repos qui servait de couverture, avec des malades psychotiques – pas trop atteints pour qu'on ne coure pas de risques, assez pour qu'ils ne soient pas crus s'ils découvraient la vérité.

Mais moi, et les criquets, et André, et Christophe... pourquoi étions-nous là ?

Pour des questions de subventions, peut-être. Roy était sans doute obligé d'accueillir toutes sortes de malades : problèmes physiques ou psychologiques, ou de comportement, puisque les criquets se croyaient en maison de redressement.

Mes parents n'étaient certainement pas au courant de tout ça. Il fallait que j'aille les voir, qu'ils demandent une enquête des services sociaux.

Je me reposai alors le problème de ma sortie. Raoul m'avait dit qu'il fallait que j'aie « une bonne raison ». Quelle blague ! Si je n'avais pas trouvé le portail, c'est qu'il était tapissé d'un matériau identique au mur, pour empêcher les fugues. Et il y avait forcément un truc pour l'ouvrir.

Et si je ne trouvais pas, je passerais par-dessus. Je me sentais maintenant assez costaud pour l'escalader.

Je décidai de tenter le coup la nuit suivante.

# 19

J'avais prévu de quitter le manoir au début de la nuit, histoire d'avoir du temps devant moi avant qu'on se rende compte de ma fugue. Malgré tout, je devrais revenir. Ce ne serait pas de gaieté de cœur, mais je ne pouvais pas laisser Cléa seule ici.

Je me répétai qu'il n'y avait pas à s'inquiéter. Mes parents étaient du genre efficaces, on aurait très vite la visite des services sociaux, et s'il y avait quelque chose d'anormal, ce serait rapidement réglé.

Avant de sortir, je vérifiai ma tenue pour faire bonne impression à mes parents et me redonnai un coup de peigne. *Si* bémoooool...

À la seule lueur des étoiles (où était passée la lune ?), je n'y voyais pas grand-chose, mais je connaissais le chemin. Enfin, le chemin pour se cogner au portail.

En devinant le mur gris devant moi, je mis une main en avant pour ne pas le prendre en pleine figure. Ma main s'enfonça... dans la brume ! Je m'étais trompé, le portail se trouvait plus loin. Je poursuivis à l'aveugle. J'avançai, j'avançai... Le chemin me semblait interminable, et je crus m'être trompé jusqu'à ce que la brume se dissipe. J'étais dans la rue ! Une rue éclairée par des réverbères. Raoul avait oublié de refermer le portail !

Ce qui me surprit le plus fut de découvrir que le manoir se trouvait en ville alors que je l'avais toujours cru en pleine campagne. Je longeai le trottoir, décidé à chercher une route où faire du stop. Même si, en pleine nuit, ce n'était ni facile ni prudent. Le mieux serait une station-service. Je m'adresserais à ceux qui s'arrêteraient prendre de l'essence, ce qui me permettrait de voir leur tête et de choisir. Et eux, rassurés (je l'espérais) par mon air inoffensif, me prendraient aussi plus facilement à bord.

Je pilai net. Le taxi qui m'avait amené était garé le long du trottoir ! Je voulus me cacher, malheureusement il était déjà trop tard, la tête rousse du chauffeur avait surgi par la portière :

– C'est toi, mon garçon ? Tu veux que je t'emmène quelque part ?

Sa voix était chaleureuse, mais je me rappelai le coup de la valise.

Évidemment, rien ne prouvait que c'était lui qui avait piqué mes affaires, le vol avait pu être commis avant que je quitte l'hôpital. Ne sachant que décider, je prononçai avec lenteur :

– Je vais rendre visite à mes parents...

– À Tours ?

Je fus touché qu'il s'en souvienne. Hésitant encore, j'objectai :

– Le problème, c'est que je n'ai pas d'argent...

– Tu demanderas à tes parents de me régler la course à l'arrivée. Allez, monte !

Je ne pus résister davantage. Après tout, cette solution serait moins risquée que le stop. Un peu mal à l'aise quand même, je pris place sur les coussins de cuir blanc. Le chauffeur referma alors la vitre entre lui et moi en décrétant :

– Dors, ça vaudra mieux.

Dormir, sûrement pas. Je devais rester vigilant.

Hélas, quand la voiture s'arrêta... j'émergeai du sommeil !

– On est arrivés, me dit le chauffeur. Fais vite, je n'ai pas beaucoup de temps.

Il était garé au bout de ma rue ! Je descendis, le cœur battant. Jamais je n'aurais pensé être aussi ému en retrouvant mon quartier. J'y étais finalement très attaché, j'y connaissais tout le monde. J'aurais voulu appeler, que les copains se mettent aux fenêtres, mais il faisait encore nuit.

En tout cas, cela prouvait que le manoir n'était pas très éloigné de la maison.

Bien sûr, les volets étaient fermés. Je sonnai, si heureux que je me fichai de réveiller toute la maisonnée. Pas de chance, la sonnette était en panne. Il y avait souvent des faux contacts, et daddy n'était pas très bricoleur. La chambre de mes parents donnant sur l'autre façade, je dus me résoudre à frapper au volet de Tom.

Au bout d'un moment, j'entendis un timide bruit de fenêtre.

– C'est moi ! Ouvre !

Il y eut une longue hésitation. J'insistai :

– N'aie pas peur, c'est Liam ! Dépêche-toi, je n'ai pas beaucoup de temps.

Le volet roulant remonta alors doucement, et je vis apparaître une silhouette en pyjama, frissonnante. Je m'en voulus un peu. Réveiller de cette façon un gamin en pleine nuit ! En entendant frapper au volet, il avait dû avoir la peur de sa vie. Je plaisantai :

– Ne fais pas cette tête, crapaud. Tu vois, c'est juste ton grand frère chéri.

Il bredouilla, mal réveillé :

– Qu'est-ce que... tu fais là ?

J'en eus un léger choc :

– Je suis venu vous voir. Ça ne te fait pas plaisir ?

– C'est que... tu devrais pas être ici...

Il tremblait encore.

– Je sais, mais il faut que je parle aux parents d'urgence. Va les chercher.

Tom s'affola :

– Non ! Non ! Ils vont avoir peur. Il faut que tu restes parti longtemps. Et après, ça ira.

– OK, je respire le bon air, je ne dis pas. Mais je dois les prévenir que l'endroit n'est pas très net.

Sans s'en apercevoir, Tom secouait négativement la tête. Il ajouta :

– Papa dit que tu es bien, là-bas, en sécurité, à l'abri de tout.

– Comment ça, « de tout » ? On m'a enfermé pour me protéger ? Mais de quoi ?

Tom paraissait au bord de la panique :

– Va-t'en vite, faut que personne te voie !

– Qu'est-ce que tu racontes ? Les voisins...

– Faut pas qu'ils te voient !

Je regardai autour de moi avec anxiété. Le danger était tapi ici, dans le quartier ? C'était pour ça qu'on m'avait envoyé dans un endroit aussi isolé ? Dans ce cas mes parents seraient angoissés que j'aie fugué. Je me collai au mur. Tournant juste la tête vers la fenêtre, je chuchotai :

– Préviens daddy et maman qu'ils ne savent pas tout sur le manoir. Il faut qu'ils demandent aux services sociaux d'enquêter. Tu as bien compris ? Aux services sociaux.

Il y eut un silence, puis Tom acquiesça :

– Je leur dirai. Aux services sociaux.

Et il repoussa la fenêtre. Je la retins de la main :

– Je dois rester combien de temps ?

– Maman a dit : jusqu'à ce qu'on te rejoigne. Tu dois pas bouger de là-bas et nous attendre.

Moi qui me faisais une fête de ces retrouvailles, j'en fus démoli. Je reculai dans l'ombre pour que Tom ne voie pas que j'avais les larmes aux yeux. Et je l'entendis chuchoter :

– Liam. Je m'embête depuis que t'es plus là.

Je soufflai sans me montrer :

– Moi aussi, je m'ennuie de toi, crapaud.

Ces derniers mots atténuèrent un peu mon amertume. Je repartis en me faufilant le long de la clôture, surveillant avec anxiété les maisons voisines. J'avais les idées en vrac. Quel danger pouvait bien me menacer ?

Arrivé sur la rue, je me coulai le long des murets redoutant maintenant que le taxi ne m'ait pas attendu. Ouf ! Il était toujours à sa place. Je me jetai sur la poignée, ouvris la portière et m'engouffrai à l'arrière.

Là, je me rendis compte que je n'avais pas pensé à demander à Tom de me trouver de l'argent.

– Je suis désolé, dis-je. Pour le prix de la course, j'ai oublié...

Le chauffeur eut un geste résigné :

– Je mets ça sur ton compte. Tu me régleras le tout le jour où tu sortiras définitivement.

Oui, je me demandais bien quand. *Quand mes parents me rejoindraient*, ce n'était pas très précis.

En repensant à Tom, je ressentis une petite brûlure au cœur. Il m'avait paru si raisonnable... Comme s'il me remplaçait. Raoul n'avait pas tellement tort au sujet de ma jalousie.

En tout cas, il y avait une chose rassurante dans cette affaire : mes parents savaient parfaitement où j'étais et m'y pensaient en sécurité. Malheureusement, je n'étais pas sûr qu'ils aient raison.

# 20

Malgré mon énervement, je m'endormis de nouveau dans le taxi au retour ! L'épuisement, ou la volonté inconsciente de fuir dans le sommeil des choses qui me dépassaient...

Il faisait encore nuit quand on arriva, ce qui me soulagea. Au moins, personne ne s'apercevrait de mon absence. Cela signifiait aussi qu'on n'était pas loin de Tours et que mes parents n'auraient pas de difficulté à revenir me chercher quand le danger serait écarté. Quel danger ? C'était un vrai mystère. L'idée d'être « à l'abri » au manoir me paraissait surréaliste.

J'incitai le chauffeur à se garer là où je l'avais trouvé, sur la rue. Je ne voulais pas que le bruit du moteur et le crissement du gravier attirent l'attention du manoir.

Je remontai l'allée dans un état de stress terrible. Un poids sur les poumons m'empêchait de respirer. En grimpant les marches à pas furtifs, je songeai avec effarement que mes parents n'oseraient pas demander la visite des services sociaux si ma cachette devait rester secrète et qu'ils me croyaient à l'abri.

Dans ce cas, cette enquête sur le manoir, je la mènerais moi-même.

En arrivant dans le hall désert, je me dis qu'il faudrait commencer par la porte entre les deux volées d'escalier.

Seulement, elle était fermée à clé.

À la lueur vacillante des lanternes, j'examinai la serrure. Aussi ancienne qu'étrange, arborant la forme d'une quille à deux têtes superposées. Il fallait que j'en trouve la clé. Si Cléa avait été détenue en bas, je le saurais !

Penser à elle me réchauffa le cœur, j'étais sûr que j'avais été nommé par une sorte de chef suprême pour m'occuper d'elle. J'en vins même à penser, avec une certaine exagération sans doute, que c'était pour elle que j'avais toujours voulu devenir détective privé. J'essayais désespérément d'oublier ma visite à la maison.

Pendant tout le petit déjeuner, je demeurai dans un grand état de tension. Enfin, dès que les criquets eurent filé, je soufflai à Cléa :

– Il faut que j'aille chez le docteur Roy et que je reste seul dans son bureau un moment.

Elle me regarda avec surprise :

– Qu'est-ce que tu veux faire ?

– Trouver la clé de la porte du sous-sol, pour voir si c'était bien ta prison.

Elle eut une petite crispation qui m'incita à préciser, magnanime :

– Je ne te demande pas de venir avec moi.

– Ce n'est pas la question, dit-elle. Je ne voudrais pas qu'il t'arrive quelque chose.

Je l'avoue, ça glissa direct dans mon cœur. Je répondis avec grandeur d'âme :

– Ne t'inquiète pas. Mais j'ai besoin de toi. (Le dire aussi me faisait chaud partout, j'étais vraiment devenu d'une sensibilité incroyable.) La clé est sûrement dans le bureau.

– J'en ai vu sur un tableau près de la porte.

Voilà ce qu'elle avait observé, tandis que moi, j'étais obnubilé par la salle lumineuse. Je repris :

– Pendant que je serai dans son bureau, est-ce que tu pourrais attirer Roy à l'extérieur ?

Elle me considéra un moment sans un mot, puis elle déclara :

– Je pourrais mimer une crise de panique...

C'était ce que j'aurais voulu lui suggérer, sans l'oser. Je clignai des yeux en souriant :

– On va faire ça.

En toute honnêteté, je pensais qu'il n'y avait pas de danger.

Chacun pouvant rencontrer le médecin-chef quand il le voulait, je me pointai chez lui après le petit déjeuner. J'aurais aimé lui parler de la cheminée, pour voir sa tête, mais j'avais trop peur de mettre Cléa en danger s'il comprenait qu'elle se rappelait certaines choses. Je me contentai donc d'évoquer mon état de santé : j'allais beaucoup mieux, ce séjour me faisait du bien... Je le tartinai de pommade pour qu'il ait confiance.

Il n'eut pas le temps de répondre. On entendit Cléa hurler et, comme je l'avais prévu, il sortit aussitôt.

Sans perdre une seconde, j'examinai les clés accrochées près de la porte. Il y en avait beaucoup... mais une seule en forme de quille à deux têtes ! Je la décrochai en vitesse, la glissai dans ma poche et me rassis à ma place.

De là, j'apercevais la carte lumineuse par la porte entrouverte. Et je vis clairement qu'elle était... en mouvement ! Il y avait des nuages, et ils bougeaient ! Ce n'était pas une simple photo satellite !

Je songeai soudain que le médecin-chef trouverait bizarre que je reste planté là pendant que Cléa était en crise. Je quittai donc le bureau et fonçai à l'étage.

Quand j'arrivai, Raoul et le docteur étaient penchés sur elle, me la dissimulant. Ses hurlements m'inquiétèrent, elle me semblait trop bonne comédienne. Je me précipitai :

– Lâchez-la !

Les mots étaient sortis tout seuls. Mais ils ne la tenaient pas, ils respectaient eux-mêmes la consigne de ne toucher personne. Au lieu de se fâcher de mon insolence, Roy confirma :

– Entourer une personne qui a été victime d'agression n'est en effet pas judicieux. (Il me laissa passer.) Essaye de la calmer. Vous avez à peu près le même âge, tu lui paraîtras moins menaçant.

Cléa était par terre, collée au mur, dans un grand état de panique. Je ne m'étais pas trompé, ses yeux étaient pleins d'effroi, elle ne jouait pas la comédie. Ou du moins plus maintenant. Pour que sa crise soit crédible, elle avait dû revoir en pensée la situation traumatisante qui l'avait amenée ici.

Essayant de ne pas laisser transparaître mon anxiété pour ne pas augmenter la sienne, je m'accroupis et soufflai :

– Cléa... c'est moi, Liam. Cléa... calme-toi, tu es en sécurité.

Ses cris faiblirent enfin peu à peu, se transformant en des gémissements qui me broyèrent le cœur.

– Tout va bien... Tout va bien...

Puis ses yeux reprirent vie, elle commença à se détendre, même si elle aspirait encore l'air comme une noyée. Elle se releva avec lenteur et bredouilla qu'elle devait s'allonger.

Soulagé, je retrouvai aussi mes esprits et sentis de nouveau la clé dans ma poche. De peur que les yeux fouineurs de Raoul ne la détectent à travers le tissu, je posai négligemment ma main dessus. J'eus l'impression qu'elle me brûlait la paume.

# 21

Au soir, quand tout fut calme, je m'emparai du cierge qui me restait de la procession et de ma boîte d'allumettes, et je descendis en silence dans le hall.

La clé était la bonne, car la fameuse porte s'ouvrit… avec un claquement sec qui me sembla résonner dans toute la maison ! J'attendis un moment, l'oreille aux aguets.

Rien…

La porte découvrait un trou noir, un escalier qui s'enfonçait dans la nuit et dont je ne distinguais que les deux premières marches. Cléa m'avait parlé d'une odeur de moisi, et je la perçus.

J'allumai mon cierge, pris mon courage à deux mains et commençai à descendre. Mon cœur cognait comme un malade.

Il faisait froid. Glacial, même. C'était la première fois que je ressentais les effets de la température depuis mon arrivée ici.

La descente me sembla interminable, le lieu lugubre. Je retenais mes pas pour éviter tout bruit. L'odeur putride me suffoquait à moitié.

Au milieu, l'escalier amorçait un coude et, de là, j'aperçus une lueur venant d'en bas. Je déposai prudemment mon cierge sur une marche et descendis jusqu'à un second coude... à partir duquel l'escalier était ouvert sur une pièce éclairée par des torches. Mon cœur se contracta, je faillis faire demi-tour, mais une voix m'apostropha :

– Tu es envoyé par le tribunal ?

Devant un fourneau de brique en forme de pain de sucre sur lequel chauffait un alambic, se tenait un homme entre deux âges, de haute taille, le visage comme de la pierre. C'était lui qui avait parlé. Il ne détonnait pas dans l'ambiance : tout en noir, avec une veste bordée de fourrure et un pantalon collant, ses cheveux raides coupés droit sous les oreilles. La lueur du feu accentuait son air inquiétant.

Derrière, assises à une table, deux femmes jouaient aux dés. L'une en tunique blanche sans col, l'autre en robe grise et long tablier de cuisine. La scène me fit une impression sinistre. Il y avait bien des prisonniers au manoir ! Très mal à l'aise, je m'efforçai de prononcer la phrase que j'avais préparée pour le cas où je trouverais quelqu'un en bas :

– Je vais vous libérer.

Attirées par le bruit, d'autres personnes parurent. Surtout des hommes. Aussi singuliers que les autres. Celui qui s'affairait devant le feu s'exclama :

– Le tribunal me fait libérer !

En un éclair, je compris que j'avais affaire non à des otages dont on espérait des rançons, mais à des malades mentaux, les fous dangereux dont tout le monde parlait et que je croyais au dernier étage. Je bredouillai en remontant une marche à reculons :

– Le tribunal se réunira bientôt. Rien n'est encore décidé.

L'homme fit un pas vers moi. Je montai une autre marche en maudissant ma curiosité. Il s'emporta :

– Je n'ai rien à faire ici, puisque je me suis confessé. Va le leur dire ! Et rappelle-leur que je n'ai tué que des enfants, des âmes pures qui sont allées tout droit au paradis. Que pourrait-on me reprocher ?

La femme à la tunique, les pommettes rouges et les yeux perçants, ricana :

– Tu en as assassiné des centaines ! Moi, je n'ai supprimé que mes parents, ma belle-mère et ma cousine. Et je suis ici !

L'autre femme dressa un doigt :

– Moi, je n'ai tué personne.

– Tu as enfermé tes enfants dans une pièce pendant plusieurs jours sans rien à boire ni à manger, c'est bien pareil !

– Sûrement pas ! Ils sont morts tout seuls.

Un cauchemar. J'étais dans un cauchemar. Ces fous se rapprochaient de moi sans en avoir l'air, on aurait dit qu'ils glissaient sur le sol. À une lueur maléfique dans leur regard, je pressentais qu'ils avaient un projet. Un projet funeste pour moi. Je remontai imperceptiblement, certain qu'au moindre geste brusque ils me sauteraient dessus.

– Quel âge as-tu ? me demanda le tueur d'enfants d'un ton doucereux.

Il n'était plus qu'à trois pas. Effrayé, je bégayai :

– ... Vingt ans.

Ce n'était pas très crédible mais, à cet âge, on n'était plus un « enfant ».

Les malades se massaient au bas des marches de plus en plus nombreux, certains lorgnant sur moi, d'autres sur le haut de l'escalier, comme s'ils pensaient à la porte ouverte et à la liberté. C'est alors qu'une voix forte aboya :

– Laissez-le !

Le soulagement me saisit. L'homme qui avait parlé fendait la foule, menaçant tout le monde avec un sabre courbe dont la garde en forme de pieuvre lui enveloppait la main de ses tentacules. Il portait un petit bouc à la mousquetaire, une fine moustache taillée en pointe et des cheveux raides mi-longs séparés par une raie au milieu.

L'expression de son visage ne me rassura pas du tout. On y lisait la cruauté et la fourberie. Je remontai encore d'une marche, sans oser me retourner pour m'échapper. J'avais l'intime conviction que, si je quittais un instant ces fous des yeux, j'étais mort.

L'homme du fourneau lâcha d'un ton de colère :

– Sale chien ! Vous profitez qu'on m'a pris mon épée !

J'en déduisis que l'autre faisait partie d'un genre de service d'ordre. Malgré son allure effrayante, c'était une chance. Je réussis à grimper une nouvelle marche, mais il beugla :

– Arrête-toi !

Je me pétrifiai. C'est là que je saisis ce qui m'avait gêné chez ces gens : leur aspect... vaporeux. Puis il me vint un autre mot : fantomatique... J'en eus la bouche desséchée.

L'homme au sabre finit :

– Il est à moi !

Il me fixait d'un air absolument terrifiant. Il montait vers moi sans en avoir l'air. Je n'étais plus capable du moindre geste. Son visage s'approchait, arborant un sourire carnassier. D'effroi, j'ouvris la bouche, et je vis la sienne s'avancer comme pour un baiser mortel.

Puis j'entendis des pas précipités et je fus ceinturé par-derrière.

# 22

Je me retrouvai affalé sur les tomettes du hall, endolori de partout, avec pour horizon deux jambes puissantes, cuirassées d'une feuille de bronze qui dessinait chaque muscle en relief. Le claquement d'une porte me résonnait encore aux oreilles. Puis j'entendis un chuchotement furieux :

– Quand on est épais comme un papyrus, on évite de se mettre dans des situations impossibles !

C'était Léonidas. En tenue de guerre, casque et tout. Il remit son épée au fourreau en poursuivant :

– Tu as eu de la chance que je t'aie trouvé !

Ce qu'il me disait mit du temps à parvenir à mon cerveau. Il ajouta d'un ton véhément :

– Heureusement, un Spartiate ne dort que d'un œil, et sur une oreille. La survie est à ce prix !

Eh bien, pour une fois, je bénissais l'éducation à la spartiate. Les poumons encore recroquevillés de terreur, je ne pus que souffler :

– Qu'est-ce… qui s'est passé ?

Léonidas ne prit pas la peine de répondre. Il vérifia qu'il avait bien verrouillé la porte et glissa la clé dans sa ceinture en m'ordonnant :

– Debout.

Je m'exécutai et me dépêchai de le suivre vers l'escalier. Depuis que j'avais vu ceux d'en bas, lui me paraissait incroyablement rassurant, et cela malgré son air furibond.

En arrivant à ma chambre, il s'arrêta et rugit à voix basse :

– Ne recommence jamais ça, compris ?

Purée ! Il n'avait pas besoin de me menacer. Cette saine décision était déjà ancrée en moi aussi fort que des racines de chardon dans la terre. Je m'informai d'une voix vacillante :

– Qu'est-ce qu'ils… voulaient… me faire ?

Il ouvrit ma porte et m'obligea à reculer en me fixant avec une colère froide :

– Prendre ton âme !

– Mon… ÂME ?

Non mais dans quel monde je vivais ! Un monde de fous !

Il précisa :

– Eux n'en ont plus, elle leur a été confisquée.

Le délire complet. Je bégayai :

– Et... à quoi elle leur aurait servi, mon âme ?

– À rendre de la consistance à leur corps pour aller hanter les vivants. Et, vu ce qu'ils sont, tu devines de quelle manière...

Non non non ! Je n'allais pas donner moi aussi dans la divagation ! Tentant le sarcasme, je ricanai nerveusement :

– Une belle âme comme la mienne, sûr qu'elle doit faire envie. Une « greffe d'âme », c'est une idée intéressante...

Je n'en croyais pas un mot ! Je n'en croyais pas un mot !

Pourtant j'avais vu de mes propres yeux ces spectres menaçants, la bouche qui s'approchait de la mienne... « Le baiser de la mort », c'était l'expression qui m'était venue.

Bloqué contre mon lit, à la lueur vacillante des chandelles, je luttai contre cette absurdité, conscient toutefois que je venais d'échapper à la mort. Que Léonidas M'AVAIT SAUVÉ DE LA MORT. Je crus enfin comprendre et bredouillai :

– C’est ce qu’ils croient… qu’ils peuvent prendre mon âme ?

Pour toute réponse, il s’emporta, toujours à voix basse :

– Et ils auraient pu s’échapper ! La porte était restée ouverte !

– Je suis… désolé…

– Il est bien temps !

Le pardon et l’indulgence, ce n’était pas son truc.

Trop de mots se bousculaient maintenant dans ma tête, et je murmurai :

– Alors… Le sauve-qui-peut…

Léonidas recula vers la porte sans répondre. Effrayé par ce que j’étais en train de comprendre, je poursuivis :

– Le docteur Roy ne cherche pas à estimer le niveau de dangerosité des arrivants, mais à déterminer… s’ils sont vivants ou morts ! Ce sont des fantômes, hein ? Ce sont des fantômes !

Je me rendis compte que j’étais en train de soutenir une conversation hallucinante. Léonidas tourna les talons et sortit. J’étais dans un tel état que, ma frayeur se transformant en audace, je me jetai devant lui dans le couloir :

– Attendez ! Ce n’est pas possible ! Des fantômes sont… morts. Ils n’auraient pas peur d’une épée !

Il répliqua :

– De certaines, si. De la mienne en particulier.

Et, cette fois, il disparut.

Le désert soudain du couloir me précipita de nouveau dans ma chambre. Inutile de préciser que je fermai la porte à double tour.

Ma nuit fut hantée de cauchemars affreux. « Hantée » étant le bon mot. Je me réveillai, terrifié, les mains crispées sur mon drap remonté pardessus ma tête. Pour me rassurer, je me répétai qu'il n'y avait aucun danger... tant qu'on ne commettait pas l'incommensurable bêtise d'ouvrir la porte.

Pourquoi le docteur Roy tolérait-il cette menace terrible sous nos pieds ? Est-ce qu'on l'y obligeait ?

Je ne trouvai finalement qu'une seule réponse à peu près logique : le manoir ayant toujours été hanté, il n'avait pas trouvé d'acheteur et avait fini par revenir à l'État. Or il n'y a rien de plus raisonnable que l'administration, elle ne croit pas aux fantômes.

Et le docteur Roy devait se débrouiller avec ses encombrants pensionnaires.

J'en étais malade d'angoisse.

Soudain, j'entendis... une note de musique. Deux notes. Quelqu'un jouait dans la nuit la *Sonate au clair de lune* de Beethoven. Magnifiquement.

Or il n'y avait qu'un piano au manoir...

Les larmes roulèrent sur mes joues sans que je puisse les arrêter.

# 23

Au matin, j'étais si mal que je renonçai à aller déjeuner. Je ne voulais pas que Cléa me voie dans cet état. Je devais d'abord me reprendre. J'étais déjà responsable d'une crise de panique, pas question de l'angoisser de nouveau. Malgré mon envie de partager avec elle l'horreur de ce qui m'était arrivé, je résisterais, je ne lui en dirais rien.

Je ne lui parlerais pas non plus du piano. Elle m'avait caché qu'elle savait en jouer et, en lui signalant que je l'avais entendue, je craignais de réveiller encore quelque chose de douloureux chez elle. Car le piano était forcément lié à sa vie d'avant. Avant son enlèvement. Et elle avait joué d'une manière si pleine de douleur...

Il fallait que je retrouve un peu de sérénité avant de la rencontrer. Tout ce que je pourrais lui assurer, c'est qu'elle n'avait pas été détenue dans ce sous-sol.

Je l'entendis descendre au restaurant, ce qui signifiait qu'elle allait mieux. Mieux que moi en tout cas. Je n'avais qu'une envie : rejoindre Léonidas – ce qui était un comble quand on connaissait l'historique de nos relations. Moi qui méprisais les guerriers, je lui étais infiniment reconnaissant de son intervention musclée ! Comme quoi, tout n'était pas aussi simple et carré que je me le figurais.

Peu à peu, certains éléments me revinrent en mémoire, s'éclairant d'un jour nouveau. Si Léonidas ne se réfugiait jamais dans la pièce blindée, c'est qu'il n'avait peur de rien. Il était le seul à oser tenir tête aux fantômes, et il assurait sans doute la protection du médecin-chef quand un nouveau s'annonçait.

Il restait quand même quelque chose d'incompréhensible là-dedans...

Oui, j'avais une question à lui poser.

Je surveillai le couloir, attendant son passage. Lui seul était au courant de ce qui m'était arrivé, et ce que nous avions vécu ensemble créait un lien d'acier entre nous. Ou plutôt de moi à lui. Lui devait plutôt me voir comme un sale gosse qui, par son ignorance, avait mis le manoir en danger.

Enfin Léo remonta. (Voilà que je l'appelais par un diminutif !) Comme il ne s'arrêtait pas de lui-même, je lui emboîtai le pas.

– Attendez... Je voudrais savoir quelque chose.

Il eut un vague bruit de gorge pour signifier qu'il avait entendu, mais il ne ralentit pas pour autant. Je ne me décourageai pas :

– Pourquoi faudrait-il des heures pour déterminer si les nouveaux arrivants sont vivants ou morts ? C'est évident : les fantômes ont un aspect immatériel caractéristique !

Il lâcha :

– Pas toujours.

– Qu'est-ce que ça veut dire « Pas toujours » ?

Finalement, il ne se fâcha pas et poussa même l'amabilité jusqu'à ajouter :

– Certains meurent dans une telle colère qu'ils arrivent à maintenir leur corps intact pendant un moment. Ce n'est qu'avec le temps que la tension baisse et que le corps pâlit, révélant l'absence d'âme.

Rompant avec son habituel laconisme, il y était allé d'un vrai discours. J'en fus touché et y allai en retour de mes plus sincères excuses :

– Je regrette d'avoir pensé du mal de vous.

Étonnamment, il répondit :

– Tu n'es pas si mauvais non plus, tu as un certain courage.

J'aurais plutôt dit « de l'inconscience », mais j'avais déjà assez piètre réputation à ses yeux sans en rajouter. Il reprit :

– Et l'éducation que ton pays donne aux jeunes m'intrigue...

Je songeai alors que la folie qui le faisait fuir vers un autre monde avait peut-être pour origine une enfance difficile. Je répondis :

– Je n'ai pas reçu une éducation de type spartiate, je le reconnais. Cela explique que j'aie moins de muscles...

Je le surpris à sourire, et ça me fit du bien. Je demandai alors :

– C'était comment, votre enfance ? Quel souvenir en gardez-vous ?

Il s'arrêta, me regarda avec une certaine surprise et répondit net :

– Le fouet.

Comme le capitaine pirate, c'était incroyable !

– Qui vous frappait ? Votre père ?

– Le plus souvent, on me demandait de me fouetter moi-même. Jusqu'à ce que mon sang éclabousse l'autel du dieu.

Il avait été élevé par une secte ! Pas étonnant qu'il soit détraqué !

– Alors vous êtes passé à côté du bonheur...

– Le bonheur ? Une notion d'ici je suppose...

J'en eus mal au cœur pour lui. Je soupirai :

– Même si je suis costaud comme un spaghetti, ma famille m'aime. Et puis je veux devenir détective privé. Pour ça, il vaut mieux avoir de la perspicacité que de la force.

– Détective privé ?

– Quelqu'un qui mène des enquêtes, pour élucider des affaires privées, ou que la police n'a pas réussi à résoudre.

– Intéressant... C'est ce que te commande ta cité ?

Je pensai alors qu'il appelait « cité » sa secte, et je déchiffrai mieux ses discours. Je répondis :

– Ma cité ne se mêle pas de ça. Elle me laisse choisir mes études et les finance.

Il parut surpris, puis il me dit quelque chose de curieux :

– J'aime bien parler avec toi, Liam.

Je secouai la tête :

– En fait, moi aussi.

Et on rit tous les deux. Puis il conclut :

– Je vais t'apprendre à te battre.

Ouh là... Ce n'était pas trop mon truc. Enfin... surtout, j'avais peur de me ridiculiser. Je préférai reconnaître sur le ton de l'humour :

– Il y a trop de boulot.

Il eut une petite grimace :

– Je dirais que, pour mener des enquêtes, il faut aussi être en bonne forme physique, non ?

Là, il n'avait pas tort. Muscle et vitesse pouvaient m'être utiles.

Posant une main décidée sur le pommeau de son épée (ce qui provoqua chez moi une petite crispation), il décréta :

– Allons te chercher une arme. (Il se moqua.) Ne t'inquiète pas, je ne te blesserai pas.

Le suivant à contrecœur, je tentai :

– Et moi, si je vous blessais...

– Ça ne risque pas.

Bon... Je n'étais pas sûr que sa réponse soit très flatteuse pour moi.

Il m'emmena à la salle blindée et décrocha une épée du mur en commentant :

– Le simple guerrier se bat à la lance, mais l'épée est plus noble.

S'il le disait...

Embarrassé, je tentai l'ironie :

– Cette épée est plus longue que la vôtre, je peux vous toucher avant que vous me touchiez.

Il m'adressa un rictus narquois :

– Ma mère m'a dit un jour : si ton épée est courte, rapproche-toi de l'ennemi.

Eh bien... sa mère avait l'air d'être sympa aussi. Pas étonnant que ce pauvre gars soit un peu dérangé. Il conclut :

– D'ailleurs, interdiction de se frapper au corps. L'exercice consistera à bien positionner son bouclier en défense, de manière à arrêter les coups.

Il me gratifia d'un bouclier métallique bleu à croix jaune, ressemblant à ceux qu'on voyait dans les tournois de chevaliers et très différent du sien qui était en bois doublé de bronze.

Quand la cloche du déjeuner sonna, elle me trouva plutôt content de moi. J'avais raté le cours de maths, mais l'exercice m'avait fait du bien... Et j'étais toujours vivant.

Et puis savoir manier l'épée n'était sans doute pas inutile en ces lieux. Je devais apprendre à me défendre. À NOUS défendre. (Et quand je pensais « nous », je pensais surtout à une pensionnaire en particulier.)

En raccrochant mon épée au mur, Léonidas déclara :

– Pour cette nuit, pas un mot. À personne !

Heureusement que je n'avais rien dit à Cléa. En tout cas, je me sentis fier. Fier de partager avec Léo un secret de cette importance, *le secret des mystères* de ce manoir. Ç'aurait pu être un titre de roman. Je m'inquiétai quand même :

– Et si quelqu'un d'autre ouvrait la porte ?

– Personne ne l'a jamais fait. Sauf les deux gamins insupportables, mais ils ne recommenceront pas.

Ma conversation avec les criquets me revint, et je fus d'accord avec Léonidas, ils ne recommenceraient pas. Moi non plus.

– Les fantômes, demandai-je, savez-vous qui ils sont ?

– Pas du tout.

Sur ces mots de nouveau laconiques, on partit pour la salle à manger. Ensemble, ce qui me rassura. Je ne me sentais pas le courage de passer seul devant la porte de la cave.

# 24

Cléa était déjà à table. En me voyant entrer avec Léonidas, elle fut évidemment surprise. Elle attendit que je m'assoie pour me chuchoter :

– Qu'est-ce que tu fais avec lui ? Tu disais que c'était un fou dangereux.

– Un peu fou, d'accord, mais pas dangereux, répondis-je sur le même ton.

– Ah ? Tu as changé d'avis ?

– Oui, finalement. On a discuté. Et je dirais même : si tu as besoin de secours, adresse-toi à lui.

Elle se raidit un peu, me prouvant qu'elle avait bien enregistré, sans me demander de quel secours elle pourrait avoir besoin. Son expérience lui permettait d'en envisager de toutes sortes.

La matinée de sport m'avait heureusement libéré de mes angoisses, ce qui m'évita de craquer et de tout lui raconter. Je repris :

– Pour la cheminée, c'est un hasard. J'ai visité le sous-sol, il n'y a pas âme qui vive là-dedans.

J'admirai ma formulation ! J'ajoutai :

– Mais l'endroit est sombre et parfaitement antipathique. Je te le déconseille. Moi, pas question d'y retourner !

Elle me considéra un moment, puis elle dit :

– Liam, merci d'être là.

Je défaillis de bonheur. Pour le cacher, je plaisantai :

– « Là »... Tu veux dire à la même table que toi, pour t'éviter le face-à-face avec les criquets ?

Elle eut un sourire malicieux qui me fit grimper le moral aux rideaux.

Sur ces entrefaites, les criquets arrivèrent. Ils me racontèrent avec excitation le muesli du petit déjeuner et la promesse de Raoul qu'ils en auraient tous les matins. Puis ils exécutèrent des danses guerrières autour de la table en signe de victoire.

Avec ce que je savais maintenant sur eux, je les voyais d'un œil différent. J'ignorais s'ils avaient toujours été aussi énervés (infernaux, auraient dit certains) ou si leur surexcitation datait de leur traumatisme de la cave. Avaient-ils aussi été sauvés par Léo ? C'était probable. Parce que si Raoul était l'espion, Léonidas était l'ange gardien de la maison.

Mon expérience de la cave me hanta le reste de la journée, reléguant au second plan le souvenir pourtant alarmant de ma visite à la maison.

Je finis par décider de faire le portrait des fantômes qui m'obsédaient : en les rendant plus matériels, j'espérais les exorciser. Je commençai par celui que j'avais vu le mieux, dont le visage s'était approché si près que... Ce souvenir me glaçait.

Je dessinai sa sale tête, sa bouche en accent circonflexe, son air à la fois mauvais et dégoûté, son étroit gilet à manches longues, son pantalon bouffant rentrant dans ses bottes à larges rebords, le tout (je le remarquai alors) sans couleur définie. Un peu comme une photo en noir et blanc.

Me refusant à glisser l'image dans ma poche où elle aurait été trop près de mon corps, je l'emportai entre deux doigts vers la bibliothèque en me disant que des criminels tels que ceux d'en bas devaient avoir laissé des traces dans l'histoire.

Christophe et Cléa étaient plongés dans des exercices de maths qui ne me concernaient pas. Je leur montrai mon dessin :

– Vous connaissez ce type ?

– Pas très sympathique, répondit Christophe. Je ne connais pas… et sans regret.

Cléa s'informa :

– Où as-tu trouvé le modèle ?

J'inventai :

– Je l'ai fait d'après de vagues souvenirs d'un livre d'histoire. Il me semble que c'est un criminel célèbre.

J'observai ostensiblement mon dessin, ce qui me donna une nouvelle fois des sueurs froides. Comme je ne savais rien sur ce personnage qui me permette de découvrir son identité, je tentai discrètement d'éclairer celle de l'homme au fourneau en décrétant :

– Il a une tête de tueur d'enfants. (À la vérité, celui-là, je lui trouvais plutôt une tête de brigand.) J'ai entendu parler d'un type qui en a assassiné des centaines. Je ne sais plus qui…

– Un serial killer d'enfants ? fit Christophe. Je ne vois pas… à part Gilles de Rais, mais c'était au temps de Jeanne d'Arc.

Gilles de Rais ! On disait qu'il avait soufflé à Perrault le personnage de Barbe-Bleue (à moins que ce ne soit Henri VIII d'Angleterre, parce que lui avait assassiné plusieurs de ses femmes). Que des types super.

Christophe continuait d'examiner mon dessin.

– Tu es doué en portrait. Il paraît que tu as fait celui de Fanny…

– Elle voulait l'envoyer à sa fille, mais vous connaissez l'efficacité du courrier, ici...

Il eut une hésitation :

– Tu pourrais... me le donner ?

Cléa s'exclama :

– Vous êtes amoureux d'elle ?

Christophe eut un sourire gêné :

– Eh bien... peut-être, oui...

Amusé, je décidai :

– C'est d'accord, je vous donne mon dessin. Ça payera mes cours de maths.

Il sourit et déclara que c'était un excellent marché.

Pour la première fois, je vis de l'intérêt sur le visage de Cléa. Les filles adorent les histoires d'amour.

Les garçons aussi, mais ils ont plus de mal à l'admettre.

Pendant que Cléa retournait à ses exercices, j'attrapai sur un rayonnage un dictionnaire d'histoire et consultai l'article sur Gilles de Rais.

Je commençai par regarder le portrait... L'homme que j'avais vu devant le four ne lui ressemblait pas. Je lus : « *Gilles de Rais ou Retz, maréchal de France, né en 1404. Il se signala par sa bravoure dans les guerres de Charles VII, notamment au siège d'Orléans.* »

Le siège d'Orléans ! Il avait bien un rapport avec Jeanne d'Arc !

Mon attention fut alors attirée par un commentaire : le tableau datait du XIX^e^ siècle. Le peintre avait exécuté le portrait cinq cents ans après l'époque de Jeanne d'Arc, il n'avait donc pas plus vu son modèle que moi.

« *Cependant il doit à ses crimes une bien autre célébrité. Pendant plusieurs années, il commit des meurtres horribles sur des enfants, garçons et filles. Pour ces faits, il fut pendu et son corps brûlé à Nantes en 1440.* »

... Erreur. Le peintre qui avait exécuté ce portrait ne l'avait pas vu, alors que moi, si. Je poursuivis :

« *Il s'adonnait à l'alchimie...* »

L'alchimie se pratiquait avec un four et un alambic...

« *Et il utilisait pour ses expériences des enfants, car, disait-il, ils étaient des âmes pures.* »

Je mesurai l'ampleur du danger auquel je m'étais exposé. Je refermai le livre aussi violemment que j'aurais voulu clore à la fois l'épisode et la porte sur le monde d'en bas.

Les autres pensionnaires de cet univers glaçant (c'était le cas de le dire) ne semblaient guère plus fréquentables. Quel piège horrible !

Je repensai alors au blindage de la salle d'armes... Et à la procession ! Nous avions effectué... non pas d'innombrables traversées du hall, mais d'innombrables passages devant la porte de la cave !

Avec des cierges allumés, en émettant des sons menaçants...

Puis je me souvins que deux jours avant la procession, Emmerance m'avait dit qu'on était la veille de la Toussaint, donc le 31 octobre. Ce qui mettait le jour de la procession au 2 novembre... Jour des morts !

Je n'eus plus aucun doute. Nous avions accompli un rite magique pour barrer le passage aux morts, le jour où ils pouvaient venir hanter les vivants.

# 25

J'avais beau me répéter qu'il n'y avait aucun danger si on gardait LA porte fermée, j'avais du mal à évacuer les images. Pour m'y aider (surtout le soir, dans mon lit, où c'était plus difficile), je tentai de me concentrer sur le problème de Tours. Pourquoi ne pouvais-je pas me montrer chez moi ? Dans les polars, cela arrivait quand on était le témoin-clé d'une affaire criminelle. Est-ce que j'aurais vu sans le savoir quelque chose d'important ? Dans ce cas la police viendrait un jour ou l'autre m'interroger...

Qu'aurais-je pu voir ? J'avais beau me triturer les méninges, je ne trouvais aucune piste et, sautant à pieds joints par-dessus l'enquête, je m'imaginais auréolé de gloire pour l'avoir résolue. Puis mon esprit dérivait et, de super détective, je devenais musicien célèbre, adulé par la foule. Depuis le premier rang de la salle de concert, Cléa fixait sur moi des yeux pleins d'adoration.

Ne cherchez pas de logique là-dedans, il n'y en avait aucune, puisque je n'avais jamais eu la moindre intention de devenir musicien.

Entre les moments où je signais des autographes à des fans en transe, je me jetais à corps perdu dans le quotidien de base et, hyper motivé, je fis des progrès fulgurants en maths. Enfin, pas vraiment motivé par les maths, plutôt par le contexte. Je veux dire les élèves. Surtout les filles. Bien qu'il n'y en ait qu'une.

Ce jour-là après le cours, Cléa me souffla qu'elle allait voir Fanny. Je la soupçonnais de former des projets matrimoniaux entre Christophe et la couturière. Elle, au moins, se portait beaucoup mieux !

Je restai seul à finir mes exercices. Et là, presque sans le vouloir, je dessinai dans les marges « mes » fantômes, ce qui était révélateur de mes préoccupations profondes. Ils réveillaient en moi de terribles angoisses et, pourtant, je ressentais le besoin de faire et refaire leur portrait, comme si les figer sur le papier me donnait du pouvoir sur eux.

Je fus soulagé par l'apparition de Léo. Je lui montrai mes dessins, mais il ne savait rien sur les fantômes, et tout ce qu'il trouva à me dire fut que *la meilleure chose que j'avais à faire était d'oublier.*

Oublier ! Comme si ça se commandait !

En fait, il était venu me re-proposer des cours de latin. On repartait à zéro, ce qui me prouva que nos relations avaient vraiment changé. Du coup je voulus tenter quelque chose pour lui. Je l'informai avec précaution :

– Vous savez, Léonidas... Le roi de Sparte dont vous portez le nom, il est mort aux Thermopyles il y a deux mille cinq cents ans.

À ma plus grande stupéfaction, il me répondit :

– Exact. D'ailleurs, l'oracle de Delphes l'avait annoncé : Sparte perdrait son roi pendant la bataille ou serait conquise. Je n'ai donc pas eu le choix. Si je voulais sauver la cité, je devais mourir. Aussi, en partant, j'ai dit à ma femme : « Épouse un homme de valeur, et donne-lui des enfants de valeur. » (Sa mâchoire se crispa.) Chaque fois que j'y repense, la colère m'étouffe. Je veux savoir qui nous a trahis. Tu le comprends, cela ? Je veux savoir !

Son idée fixe le reprenait.

– Je comprends, dis-je. Mais... à quel moment vous aurait-on trahis ?

– Lors de cette bataille, dans le défilé des Thermopyles !

Il fit quelques pas énervés, puis reprit :

– Xerxès, le roi des Perses, était venu avec une armée considérable. Deux cent cinquante mille fantassins, cinquante mille cavaliers, plus de mille trirèmes !

– Des... ?

– Des trirèmes, des navires de guerre à trois rangs de rameurs. Son père, Darius, avait essayé de nous envahir dix ans auparavant et avait été écrasé à la bataille de Marathon, alors Xerxès ne voulait pas courir le même risque !

J'avais du mal à me rendre compte de ce que représentaient les chiffres, cependant je marquai mon intérêt en commentant :

– Ce qui explique le nombre de soldats qu'il avait amenés.

– Malheureusement la Grèce ne pouvait rassembler pareille armée. Je parle en nombre, hein, parce qu'en valeur, un seul de nos guerriers valait cent des siens !

Toujours son goût de l'exagération, mais j'étais prêt à tout lui passer. Il poursuivait :

– Les Spartiates étant les plus braves de tous, on avait confié à leur roi, donc à moi, le commandement général. Je savais que, pour nous envahir, les Perses seraient obligés de franchir le défilé des

Thermopyles, près de la base militaire de Lamia. Ma stratégie fut alors d'obstruer l'endroit en y plaçant mes hommes. Serrés les uns contre les autres, ils constituaient une carapace de boucliers impossible à traverser. Et Xerxès se retrouva immobilisé ! Là, figure-toi qu'il m'envoie un message disant : « Rends les armes et je t'épargnerai. » Quelle arrogance ! Je lui ai répondu : « Viens les prendre ! »

– Ça, c'est envoyé !

– En deux jours, avec sept mille fantassins seulement, nous avions découragé les Perses. Xerxès était prêt à renoncer... C'est alors qu'un traître lui a indiqué le moyen de contourner le défilé par un sentier de montagne où je n'avais pu poster que mille guerriers. Il fut clair pour nous que si l'ennemi nous prenait aussi à revers, il nous encerclerait. Je demandai alors à mon devin Mégistias de consulter les entrailles des morts. Et il nous annonça que nous péririons tous le lendemain...

– Flippant, dis-je.

Il ne saisit pas le mot mais en devina le sens, car il hocha la tête.

– J'ordonnai donc à l'armée de se replier dans la nuit et restai avec quelques centaines d'hommes pour protéger sa retraite.

– Quelques centaines de Grecs contre des centaines de milliers de Perses ?

– J'avais bien assez d'hommes, puisqu'ils allaient tous mourir.

Léo avait vraiment le sens de la repartie.

Il se leva pour aller chercher sur un rayonnage un livre d'un certain Diodore de Sicile, le posa devant moi et m'indiqua un passage en latin.

– Traduis-moi ça, que j'évalue ton niveau.

Et il quitta la pièce.

Bon... Je craignais fort de me payer la honte. Je commençai à plancher et, évidemment, dès les premiers mots il me fallut un dictionnaire. Pour ça, pas de problème : la bibliothèque n'était pas avare en vieilleries, un dictionnaire latin-français relevait de ses compétences.

Finalement, je ne me débrouillai pas si mal, et ce que je traduisis m'emballa : j'avais la réponse, pour Léo ! Tout excité, je poursuivis un peu. Les Perses, « *rassurés par le petit nombre de Grecs qui restaient* », les avaient encerclés et tués jusqu'au dernier. « *Voilà quel fut le sort de Léonidas et de ceux qu'il avait menés à la défense des Thermopyles.* »

Croyez-moi si vous voulez, je faillis pleurer.

En attendant le retour de mon professeur, je cherchai s'il y avait dans la bibliothèque un livre sur Léonidas. Il commençait à m'intéresser, celui-là.

Je n'en trouvai pas. Mais, classé dans les « L », je découvris un fascicule intitulé « *Laconismes célèbres* ».

Et j'y vis ceux de Léonidas !

Le roi de Sparte avait répondu à Xerxès : « Viens les prendre ! »

Il avait dit aussi : « J'ai tous les hommes qu'il me faut, puisqu'ils vont tous mourir. » L'adieu à sa femme figurait également. Sacré Léo ! Voilà où il avait trouvé ses citations ! Il avait non seulement appris le latin et le grec, mais aussi les paroles de Léonidas. Un fameux adepte des jeux de rôle ! Il y en avait une qu'il ne m'avait pas encore servie (c'était le cas de le dire) : « Mangez bien, car ce soir nous dînons en enfer. »

Quand Léo revint, il était armé en guerre : lance, bouclier et matraque à la ceinture.

Je ne lui parlai évidemment pas de ma découverte concernant les laconismes, je me contentai de lui lire avec une certaine fierté ma traduction :

– *Un certain Trachinius, homme de ces cantons et qui connaissait les routes des montagnes, aborda Xerxès et lui dit qu'il pouvait conduire un détachement de Perses par un chemin étroit et escarpé sur l'arrière des troupes de Léonidas*. Voilà : votre traître s'appelle Trachinius !

La découverte dont j'étais si fier n'impressionna pas Léo. Il répondit :

– Pourquoi crois-tu que je t'ai fait traduire ce passage ? Pour te montrer l'inanité de ce que j'ai trouvé sur le sujet. Diodore est né quatre cents ans après la bataille, et il a cru que l'homme se nommait Trachinius, alors qu'il s'agit juste d'un Trachinien, un habitant de la Trachinie où se trouve le défilé des Thermopyles.

Je me sentis tout bête. Évidemment qu'il connaissait ce passage ! Il lisait le latin autrement mieux que moi !

Il reprit d'un ton soucieux :

– Pour résoudre cette énigme, il faudrait pouvoir revenir à hier.

– Oui... Beaucoup plus loin que ça...

Il balaya mon argument d'un revers de main.

– C'est pareil. REVENIR, tu comprends ?

J'en fus vexé. Il était monomaniaque mais pas idiot, il cherchait juste le mot percutant. Je tins à me rattraper :

– Je comprends. On voudrait souvent pouvoir retourner en arrière pour modifier ce qu'on a dit ou fait.

– Mais ce qui est dit ou fait est inscrit sur la page du temps, le changer n'est plus possible. En revanche, trouver l'explication d'un acte passé l'est encore. Toi, je crois que tu peux.

– Que je peux... trouver l'explication ? Moi ? Pourquoi ?

– Parce que tu es particulier.

– Particulier ?

Il plaisanta :

– Et puis tu veux devenir détective, non ?... Allons ! Mettons-nous au latin.

Encore intrigué par ses paroles, je m'entendis proposer :

– Si en latin on ne lit que des bêtises sur les Grecs, j'aime autant apprendre directement le grec.

Je me demandai si je n'étais pas en train de faire du lèche-botte. Du lèche-botte à un psychotique, vous imaginez ! Après tout, rien de m'empêchait de changer de langue. Il me restait trois ans avant le bac. J'ajoutai :

– Ça ferait du bien aussi à Cléa d'apprendre le grec. Plus elle sera occupée, moins elle aura de temps pour ressasser des idées noires.

Il eut un sourire moqueur :

– Je croyais que tu ne te souciais que de toi, de ton « bonheur »...

– Vous n'avez rien compris, protestai-je avec amusement. Le bonheur, c'est aussi de s'occuper des autres, de les rendre heureux... Mais ça, c'est peut-être tout aussi égoïste. Peut-être qu'on cherche toujours à se faire plaisir, même en se sacrifiant.

– Ah ! Je te vois lancé dans la philosophie !

Il m'observa et ajouta :

– Admettons que mon « bonheur » soit de transmettre les vraies valeurs... Et je pense qu'à ton âge, tu devrais connaître la pyrrhique.

Et il sortit sa matraque de sa ceinture.

# 26

Ce que j'avais pris pour une matraque était... une flûte double appelée « aulos ». Le boîtier ne cachait pas une chaîne, il protégeait les anches en roseau. Léo les porta à sa bouche et, à ma grande surprise, en joua très bien. Puis il posa l'instrument et m'annonça :

– La pyrrhique est notre danse.

Et, tout en chantant cette fois pour s'accompagner, il me montra les pas.

S'il avait arrêté de jouer, c'est que la danse nécessitait des accessoires qui lui occupaient les mains : une lance et un bouclier.

Amusé, je me saisis de l'aulos. J'avais fait de la flûte au collège et, surtout, du basson à l'école de musique. Les instruments à vent (et à anches), ça me connaissait. Je ne mis pas longtemps à trouver les notes et je repris son air pour accompagner sa danse. Il m'adressa un sourire approbateur. Je remontais d'un cran dans son estime !

Sa danse n'avait pas grand-chose à voir avec le hip-hop, cependant elle était tout aussi sportive. On tournoyait, on bondissait en avant, en arrière, on s'accroupissait, se détendait, bouclier devant, au-dessus, on s'immobilisait dans des postures menaçantes avec la lance. Je me pris au jeu, et quand Léonidas me dit : « À toi ! », je lui passai l'aulos sans hésiter et essayai la danse. Avant ma maladie, je n'étais pas mauvais en breakdance.

Léonidas fut favorablement surpris. Encore un bon point pour moi, même si mes bonds n'étaient pas aussi vigoureux que ceux d'un vrai guerrier de Sparte et mes parodies d'attaque pas aussi précises. Car cette danse mimait un combat. C'était une danse SPARTIATE, il ne fallait pas l'oublier !

Arrivant sur les entrefaites, Cléa s'amusa du spectacle au point de vouloir apprendre aussi. Je m'attendais à ce que Léo, jouant les Spartiates, lui réplique que ce n'était pas pour les filles, mais pas du tout. Jouant justement les Spartiates (ce que je ne compris qu'après), il trouva sa demande légitime. Sparte ne faisait aucune différence entre filles et garçons – sauf pour la guerre, puisque le rôle des femmes était de mettre au monde les futurs guerriers et qu'il n'aurait pas été malin de briser le moule en les envoyant se faire tuer. Léo lui proposa même de suivre avec moi tous les autres entraînements, et elle accepta.

Je fus stupéfait de la voir manier l'épée. Elle se battait avec rage, comme si elle jouait sa vie et qu'elle avait en face d'elle un véritable ennemi. Je ne sais pas si elle en était consciente mais, à mon avis, elle venait de passer du stade de l'effondrement à celui de la colère. Peut-être que les souvenirs faisaient leur chemin dans son esprit, bien qu'elle ne m'en ait encore rien dit.

Finalement, malgré ses failles dues sans doute à son enfance martyrisée, Léo était un type formidable. Il nous faisait travailler le grec d'arrache-pied et, quand il nous enseignait l'épée, il se battait avec nous en mesurant ses forces – sinon il nous aurait vite coupés en deux. On s'entraînait dans la salle blindée (une vraie « salle d'armes »), ce qui me donna une idée. Tout le monde s'y rassemblant lors des sauve-qui-peut, j'y accrochai le portrait de mon agresseur du monde *d'en bas*. Avec un peu de chance, un des pensionnaires pourrait m'apprendre de qui il s'agissait.

Et puis je n'avais aucune envie de le garder dans ma chambre, c'était un coup à booster les cauchemars. Or je me réveillais déjà trop souvent en sueur au milieu de la nuit.

Quand on passa à la course et aux lancers, Léo nous proposa d'aller dans le parc. Je sentis une tension chez Cléa. Toutefois elle était devenue comme moi : elle aurait eu honte de montrer de la faiblesse devant le MAÎTRE.

En sortant, on regarda d'instinct vers la cheminée. Depuis la porte, on ne la voyait pas. On s'avança encore...

Elle n'était plus là !

– On y va ! lança Léo.

Cléa et moi, on partit en courant, sans se concerter, vers l'ancien emplacement de la cheminée. À la place il y avait un parterre de lys blancs !

S'arrêtant devant, Cléa souffla :

– Je n'ai pas rêvé, elle était bien ici !

Oui. Le médecin-chef l'avait fait détruire !

Pour le bien de la patiente ou pour le sien ?

Je me demandai avec angoisse s'il n'y avait pas sous le manoir d'autres caves, remplissant d'autres fonctions, et si Cléa n'avait malgré tout pas été détenue ici. Comme elle restait muette, je m'inquiétai :

– Tu sais pourquoi on t'a enlevée ?

Elle avait du mal à respirer. J'ajoutai pour la rassurer :

– Si c'était pour obtenir une rançon, ton père a dû payer. En tout cas c'est fini.

Léo nous secoua :

– On ne laisse pas refroidir les muscles !

Lui, les états d'âme, il ne connaissait pas et, à certains moments, ce n'était pas plus mal. On repartit en petites foulées. Je ne lâchai pas prise pour autant :

– Tu te souviens de l'endroit où tu as été enlevée ?

Elle ne répondit pas tout de suite, parce qu'au lieu de suivre le chemin, on grimpait la colline, et que la raideur de la pente nous coupait le souffle.

En haut, on arriva à un pont de bois en mauvais état qui franchissait le ravin. Je plaisantai (en haussant la voix, à cause du bruit de la rivière) :

– Je déconseille l'usage de ce pont.

Je ne sais si Cléa entendit. Elle soufflait, pliée en deux, les mains appuyées sur les genoux. Je crois qu'en fait elle pleurait, parce qu'elle lâcha d'une voix altérée :

– Sur le chemin du collège.

Elle se releva et, au lieu de franchir le pont, redescendit la pente en courant. Je ne pus que l'imiter, en craignant malgré tout qu'on soit emportés par notre élan et que ça finisse mal.

Heureusement pour mon *honneur* (en m'entendant parler ainsi, Christophe se serait moqué de moi), je réussis à arriver en bas sans me casser la figure. Cléa obliqua aussitôt vers le manoir. Je sentais la rage en elle. Elle filait si vite que j'avais du mal à suivre. Aussi, on n'en crut pas nos yeux quand Léo nous dépassa comme une fleur, en nous criant au passage :

– Alors, on fait la sieste ?

Cléa s'arrêta et moi aussi, les poumons en feu. Et on se sourit. C'était si inattendu de sa part que ça me mit du baume au cœur. J'y étais peut-être pour quelque chose, mais Léo aussi. Son pragmatisme. Et on était contents qu'il soit tellement plus fort que nous.

On se ridiculisa ensuite au lancer de javelot. Par chance, il n'y avait personne dans le coin, il y aurait eu des morts. On mit un bon moment avant d'arriver à jeter l'arme à peu près dans la direction souhaitée. Léo n'essaya même pas de mesurer la longueur des jets, pour épargner notre amour-propre, je crois. Ce qui prouvait qu'il avait mis de l'eau dans son vin. Si on avait été spartiates, je n'ose imaginer le sort qui nous aurait été réservé.

Les criquets se pointèrent alors en braillant à pleins poumons :

– Lancer de poireau !

Et ils nous imitèrent, avec des légumes qu'ils avaient trouvés je ne sais où.

– Lancer de pomme de terre !

– Lancer de noisette !

On ne put s'empêcher de rire.

Depuis l'école, l'institutrice contemplait la scène avec amusement et, enfin, elle demanda :

– J'ai quatre élèves pour la grammaire et l'orthographe ?

Les criquets se regardèrent et s'exclamèrent avec effroi :

– Ah non, pas nous !

Et ils détalèrent.

– Vous pouvez en compter deux, répondit alors Cléa. Après une telle séance, je me sens l'esprit vide, l'orthographe s'imprimera mieux...

Et je me rendis compte que, moi aussi, j'avais évacué mon stress.

Avec nos nouvelles activités, nous n'aurions plus beaucoup de temps pour ruminer, et c'était aussi bien.

En revenant du cours de français, je laissai Cléa à sa porte et poursuivis vers le bureau du médecin-chef. Je voulais savoir si c'était lui qui avait fait détruire la cheminée et connaître ses raisons (même si je doutais d'avance de la véracité de celles qu'il avancerait).

Il n'était pas là !

Sa porte étant ouverte, je me payai de culot et filai droit à l'annexe pour étudier le planisphère.

On voyait bel et bien passer les nuages. Et d'autres mouvements très intrigants, dans le sud de la France. Je m'approchai...

Ouh ! Mon mouvement avait provoqué comme un zoom sur l'endroit que je regardais. Et je distinguais... des inondations ! Je voyais l'eau avancer ! C'était un logiciel très performant !

J'approchai encore... L'eau faisait des remous, une voiture était emportée par les flots, des gens contemplaient le désastre depuis leur fenêtre...

Impressionné, je reculai, et tout rapetissa.

Je levai alors les yeux vers Tours, dont le nom était inscrit en toutes lettres. Sans le quitter des yeux, je m'avançai de nouveau. Le nom s'effaçait à mesure que la ville grossissait. Je déplaçai mon regard vers ma rue, ma maison... J'avais l'habitude des plans, je savais exactement où elle se trouvait.

Mon cœur s'emballa. Je voyais dans le jardin ma mère qui taillait ses rosiers, l'air soucieux. Sans doute à cause de la menace qui pesait sur moi et dont j'ignorais tout. Mon père sortit de la maison et lui dit quelque chose que je n'entendis pas. Puis il partit, sa sacoche à la main : il allait à son cabinet en ville. Il me sembla un peu plus voûté que dans mon souvenir. Lui aussi se rongeait sûrement d'avoir dû m'éloigner. Si je pouvais savoir...

Parce qu'à moi aussi ma famille manquait. J'avais hâte de la revoir.

Je sursautai en entendant un bruit de pneus sur le gravier. Ce n'était pas dans l'image, mais ici, au manoir. Une voiture entrait dans la cour !

# 27

Je me ruai dans le bureau du médecin-chef pour regarder par la fenêtre. Le ciel était devenu d'un noir de taupe, comme lors de mon arrivée ici, sauf qu'en plus des grêlons s'abattaient sur la cour. Un fourgon s'était arrêté. Un véhicule de collection, avec deux klaxons à l'ancienne sur le toit, comme dans les vieux films américains. Un fournisseur ? Il fallait que je voie par où il entrait dans le manoir...

Malgré la grêle, le chauffeur, en grand manteau sombre, sortit du véhicule, longea le fourgon et ouvrit les portières arrière. Je remarquai alors que les fenêtres étaient grillagées... C'était un fourgon pénitentiaire !

Un homme en descendit, pieds et mains enchaînés. Un Noir, vêtu comme un roi et d'une apparence inquiétante.

Il regarda le ciel puis, comme le chauffeur lui montrait avec autorité la porte du manoir, il se décida et, sans rien perdre de sa dignité malgré la météo, monta l'escalier. Le chauffeur s'était réfugié dans le fourgon, mais ne le quittait pas du regard. Enfin des coups sourds ébranlèrent la porte. Le heurtoir !

C'était la première fois que je l'entendais d'aussi près. La fois précédente, il annonçait l'arrivée de Cléa ! Il signalait donc l'entrée d'un nouveau pensionnaire. La mienne aussi avait dû produire ce son-là et envoyer tout le monde dans la pièce blindée.

La cloche d'alerte retentit aussitôt, provoquant en moi un sentiment de panique, parce que je savais déjà que ce sauve-qui-peut était vital : ce roi noir venait grossir les effectifs de la cave ! Il avait un aspect un peu flou qui ne laissait aucun doute.

En fonçant dans l'escalier, je me rappelai une promesse que j'avais faite à Christophe : obliger Fanny à me suivre. Je frappai à sa porte.

– Venez ! Vite ! C'est un dangereux !

Elle m'ouvrit et, serrant son châle contre son corps, souffla :

– Le docteur Roy dit que je ne crains rien. Ces malades ne tenteront rien contre moi.

Elle croyait que c'étaient de simples malades ! Je répondis d'un ton sans réplique :

– Oui ? Eh bien, dans le doute, vous me suivez.

Elle n'hésita qu'un instant. En sortant, elle me frôla et je compris subitement pourquoi elle ne craignait rien des fantômes : elle était toujours gelée. Les fantômes détectaient sans doute les vivants à leur chaleur. Car eux n'en avaient aucune, l'ambiance de frigo de la cave en témoignait.

Du bruit en bas ! On fila à la salle d'armes.

Je claquai la porte blindée derrière nous et restai un moment appuyé dessus, à reprendre mon souffle (après m'être assuré que Cléa était bien là).

Christophe m'adressa un clin d'œil. Fanny était si timide qu'il n'arrivait jamais à lui parler, et comme on en avait pour des heures ici, il avait du temps devant lui. Je brisai la glace en lançant :

– Christophe, pouvez-vous avancer une chaise à la princesse ?

Fanny rougit.

– Oh ! « La princesse ».

– C'est que vous en avez tout l'air, fit Christophe d'un ton léger.

C'était bien parti. Eh eh... C'était peut-être une agence matrimoniale que je devrais ouvrir. Quelques instants après, j'entendis Fanny raconter qu'elle était de Paris, qu'elle y avait été élevée par sa grand-mère puis, à la mort de celle-ci, placée par l'Assistance publique chez une couturière. Elle venait de se faire embaucher au « Bon Marché » pour découper des échantillons de tissus, quand on l'avait envoyée au sanatorium. Elle ajouta :

– J'espère que je retrouverai cette place en sortant, parce que c'est un emploi sûr, avec un salaire. (Elle s'anima.) Et il y a une caisse de prévoyance, une caisse de retraite, un réfectoire gratuit et un jour de congé payé par semaine !

Son émerveillement était palpable, et Christophe me jeta un regard éloquent pour me prier d'éviter les réflexions sur le droit du travail. Fanny vivait encore dans le monde de sa grand-mère. Que s'était-il passé pour qu'elle s'y accroche ainsi ? La mort de sa fille, qui lui aurait fait perdre la tête ?

Cléa m'adressa un sourire complice signifiant qu'elle avait parfaitement compris ce que je venais de faire. J'eus l'impression d'être devenu meilleur, et c'était un sentiment plutôt agréable. Puis elle s'approcha et me dit à voix basse :

– J'y pense, cher www.lovelove.cœur, pour ne pas perdre notre temps, si nous faisions un peu d'anglais ?

Je ris pour cacher mon émotion. En une seule phrase, je découvrais qu'elle était redevenue capable de plaisanter et qu'elle acceptait mes cours.

Pour rester dans le ton, j'engageai la conversation en anglais sur le thème : « Vous cherchez l'âme sœur, www.lovelove.cœur vous la trouve. »

On poursuivit avec : « Mouton à trois pattes cherche mouton à cinq pattes pour équilibre dans le couple » ou « Chemise solitaire cherche cou taille 43 ».

Elle écrivait dans un cahier les mots qu'elle ne connaissait pas. Mon attention fut soudain attirée par le capitaine, qui observait mon dessin sur le mur. Puis il grommela d'un air songeur :

– Tiens tiens... Voilà un moment que je n'avais pas vu sa sale tronche, à celui-là.

Le souffle court, je m'approchai :

– Vous le connaissez ?

– Le connaître non, c'est heureux. Savoir qui il est... comme tout le monde.

– Je ne le sais pas, moi...

– Ben, ce gars-là, son vrai nom était Jean-David Nau, mais on l'appelait « l'Olonnais le Cruel ». Le pire massacreur d'Espagnols que le monde ait porté.

– D'Espagnols ? m'étonnai-je en tentant de me rappeler dans quelle guerre on avait pu les affronter.

– L'Olonnais était un flibustier. Il travaillait pour son propre compte, mais en n'attaquant que des bateaux de pays ennemis. Bon plan, parce que, du coup, c'était le roi qui lui fournissait ses navires.

Il avait son repaire à l'île de la Tortue. Et il ne faisait pas de quartier, je te le garantis ! On l'a vu ouvrir la poitrine d'un Espagnol d'un coup de sabre et lui arracher le cœur. On le craignait pire que la peste.

Ça je voulais bien le croire. Je m'assurai :

– Il est mort ? Je veux dire... vous savez comment il est mort ?

– Découpé, grillé sur la braise et bouffé par les Indiens.

Ouah ! Sympa ! Dire que ma mère me déconseillait les films d'horreur...

N'empêche que l'Olonnais, il n'était pas tout à fait mort. Ou, du moins, pas tout à fait hors d'état de nuire. Et il y en avait d'autres dans ce cas. Dont celui qui venait d'arriver, sans doute un tyran de pays africain. Pourquoi ils débarquaient là après leur mort au lieu de disparaître comme tout le monde, j'aurais bien voulu le savoir. Parce qu'on n'avait pas non plus en pension tous les sales types de la terre, sinon les caves auraient été saturées !

Le docteur Roy n'eut pas plus de doute que moi sur l'âme du chef africain, car il fut enfermé très vite et, nous, libérés. Je restai malgré tout anxieux : on était assis sur une poudrière.

Du coup, je n'osai pas retourner voir l'étrange carte. La nuit me faisait peur, bien qu'elle ne soit pas forcément plus dangereuse que le jour. C'était comme ça, ne pas voir loin flanquait la trouille, parce qu'on ne pouvait pas anticiper le danger.

Ce soir-là, j'entendis de nouveau le piano. Je ne sais pas de quel morceau il s'agissait, mais les notes couraient et ronflaient comme l'orage. J'en eus mal au cœur. J'avais la preuve que Cléa n'était pas guérie, qu'elle faisait seulement des efforts pour le paraître. Comme moi pour ne rien lui dire de mes angoisses.

# 28

Ce n'est que trois jours plus tard que je me décidai à redescendre au bureau. Trois nuits plus tard, en fait, parce qu'il me fallait du temps seul en bas pour étudier la carte.

Dès le haut de l'escalier, mes muscles se tendirent, prêts à me propulser à l'abri, au besoin. Je me félicitais de l'entraînement intensif à la pyrrhique, qui aiguisait mes réflexes. Franchir les dernières marches puis passer dans le hall me furent une épreuve. Mes yeux ne quittaient pas la porte des fantômes.

Comme je l'espérais, le bureau du médecin-chef n'était pas bouclé. Pourtant, il y avait sans doute là des dossiers confidentiels !

Dans la salle de la carte, petite déception : l'Europe n'était pas éclairée, seule une étroite bande lumineuse veillait en bas de l'écran. L'Asie, elle, commençait à s'allumer tandis que l'Amérique était tout illuminée.

Bien sûr ! La carte fonctionnait en temps réel, or il faisait nuit ici.

Je m'approchai. À New York, les rues étaient embouteillées, une foule grouillante, les gens avec des paquets, des joggeurs dans les parcs… Puis j'observai les cactus dans le désert, le long ruban du Mississippi, le foisonnement de la forêt d'Amazonie, les plages de sable blanc, les côtes rocheuses, les montagnes rouges : du documentaire en direct, je ne savais plus où donner des yeux. La nuit commença à gagner l'est des États-Unis, puis l'ouest, l'Asie était entièrement éclairée. Le pôle Nord restait toujours dans le noir, le pôle Sud, lui, dans la lumière. Ce qui confirmait qu'on était en hiver… C'était magique ! Si on avait eu une carte de ce genre en classe, on aurait tout de suite compris les conséquences de la rotation et de l'inclinaison de la Terre…

Je remarquai alors que la bande colorée, en bas des écrans, n'était pas inerte. Elle semblait rythmée par une pulsation. Et à son extrémité, quelque chose défilait en permanence. Des chiffres.

Un compteur ?

Le nombre inscrit était si astronomique que je fus incapable de le lire. Et les chiffres de droite filaient à une telle vitesse qu'on ne voyait qu'un ruban blanc.

Bientôt, l'Europe s'éclaira par l'est et je vis apparaître la Turquie. Il faudrait encore un moment avant que la France ne soit visible. Athènes se découvrit...

Athènes ! Ça me donna une idée.

Je mis du temps à trouver les Thermopyles. Je me souvenais du « Lamia », évoqué par Léo, et que j'avais retenu parce que lors d'un voyage en Grèce avec mes parents nous y étions tombés en panne de voiture. C'était au nord d'Athènes.

Ah... Voilà les Thermopyles ! Mais... l'endroit n'avait rien d'un défilé entre montagne et mer ! On y voyait des champs, des routes, et même une autoroute et une voie ferrée. Je fus terriblement déçu de cette erreur de Léo.

La bande lumineuse me semblait maintenant battre comme un cœur. Je la touchai du doigt pour voir si elle était sensible... La carte eut un sursaut. Je réessayai en faisant un peu glisser mon doigt...

Incroyable : la carte avait changé ! Aux Thermopyles, le passage était plus étroit, comme si la mer avait avancé.

Je continuai à déplacer mon doigt... La mer progressait toujours, et je vis apparaître une ville nommée Héraclée. Le chiffre du compteur ne bougeait plus. Encore un peu à gauche... le compteur fit un saut, avant de s'immobiliser de nouveau. Cette fois, la ville s'appelait Trachis... L'excitation me gagna. Léo m'avait dit que la région se nommait « Trachinie » ! Cette carte permettait de remonter dans le temps. C'était une carte... d'éternité !

La mer s'était encore rapprochée de la montagne, les Thermopyles n'étaient plus qu'un défilé contre la falaise. Je lus le chiffre figé sur le compteur : « – 450 ». Une date ? Je réfléchis. Ma science toute neuve me rappela que la bataille des Thermopyles avait eu lieu en 480 avant Jésus-Christ.

Je manipulai la bande jusqu'à atteindre – 480...

L'enthousiasme me souleva. J'avais sous les yeux les Thermopyles l'année de la bataille !

Il n'y avait dans le défilé qu'un homme en tunique écrue avec un âne chargé de paille. En jouant avec délicatesse sur la bande-temps, je finis par détecter une masse sombre qui arrivait par le nord. Une armée immense contournait le golfe, noircissant la route sur des kilomètres !

Les soldats étaient vêtus d'un pantalon, d'une tunique et d'une cuirasse. Leurs casques étaient en cuir, leurs boucliers ovales. Sûrement les Perses.

Une autre armée arrivant par l'autre côté entrait dans le défilé ! Tuniques rouges, cuirasses, boucliers ronds comme celui de Léo, plaques de métal sur les jambes et casques à crinière. Les Grecs. J'avais du mal à en croire mes yeux.

En tout cas, Léo avait raison : les Grecs étaient beaucoup moins nombreux que les Perses.

Enfin les mouvements de troupes s'arrêtèrent.

J'avançais ou reculais dans l'action, surveillant les dates qui s'affichaient. On était en septembre. Les Grecs construisaient un mur de bois en travers du passage. Les campements s'étaient installés de part et d'autre du défilé, Perses à l'ouest, Grecs à l'est.

J'apercevais Léonidas à la tête de ses troupes ! Il était vêtu exactement comme Léo – sauf que les côtés articulés de son casque à nasal étaient rabattus sur ses joues. Il avait les mêmes cheveux longs, le même bouclier, la même épée ! Très fort, le jeu de rôle, Léo l'avait juste poussé un peu trop loin, jusqu'au point de rupture qui l'avait fait basculer dans un monde chimérique.

Mais cela faisait son charme... En tout cas, son déguisement était impressionnant de vérité, et il avait veillé par son entraînement physique à gagner des muscles de Spartiate. Je comprenais maintenant sa quête : pour peaufiner son rôle, il lui manquait le nom du traître. J'aurais bien aimé pouvoir le lui fournir !

Eh ! Les Perses avançaient. Aussitôt, les Grecs formèrent une haie en travers du défilé, protégés par une carapace de boucliers (à têtes de Gorgone, pour effrayer l'ennemi). Puis ils pointèrent leurs lances dans les interstices, transformant la haie en hérisson.

Les Perses se précipitaient en avant !

La première vague fut massacrée par le hérisson. Les hommes de Xerxès n'arrivaient pas à frapper, car leurs lances étaient plus courtes que celles des Grecs, et ils mouraient avant d'avoir pu toucher un seul ennemi.

Le sang, ce n'était pas mon truc. Je les laissai se battre et allai voir du côté de Xerxès. Je le reconnus à sa magnifique tenue de guerre dorée. Dirigeant de loin la bataille, il ouvrait grand la bouche au milieu de son épaisse barbe, hurlant ses ordres (je n'avais malheureusement pas la bande-son). Entrèrent alors en action des costauds bien armés, sans doute les *Immortels* dont Léo nous avait parlé en cours... Pas si immortels, car ils mouraient comme les autres, ils donnaient juste l'impression de survivre parce qu'ils se remplaçaient les uns les autres à mesure qu'ils tombaient.

Devant la vaillance des gardiens du défilé, les officiers maniaient le fouet à l'arrière des troupes de Xerxès pour les obliger à avancer. Le résultat était que les Perses, bousculés, tombaient dans la mer ou se faisaient piétiner par ceux qui suivaient sans avoir le temps de se battre. Ahurissant !

Suffit pour la baston ! J'avançai jusqu'au soir du deuxième jour.

Il y avait beaucoup de morts des deux côtés mais, chez les Grecs, le carnage était moins spectaculaire parce que le rouge de leur tunique masquait celui du sang.

Je cherchai Xerxès dans le campement perse et finis par détecter sa grande barbe tressée et son épaisse chevelure frisée. Il s'était changé et portait une longue tunique blanche et, perchée sur le sommet du crâne, une petite couronne cylindrique. Son bâton de commandement à la main, il allait et venait, s'inquiétant sans doute de la résistance des Grecs. Arriva alors un homme, jambes nues, sa tunique écrue laissant une épaule découverte. Le costume du pays. Un Grec ! C'était sûrement le traître !

Il fut conduit à Xerxès et s'entretint un moment avec lui.

Je réalisai alors que, n'entendant rien, je ne pouvais pas apprendre son nom.

Bientôt, à la lueur de la lune, une partie de l'armée perse quitta le camp, guidée par le traître.

J'allai vite voir sur les hauteurs. Les soldats chargés de garder le sentier dormaient ! J'espérais qu'ils avaient des guetteurs. J'avais envie de leur crier de se réveiller, que les Perses arrivaient !

Et, en bas, le roi Léonidas qui ne se doutait toujours de rien ! J'aurais voulu... Mais que faire ?

# 29

Que faire ? Rien, hélas ! Je ne changerais pas le cours de l'histoire, je ne pouvais que suivre les événements. Du moins c'est ce que je crus pendant un moment. Je surveillai avec attention le défilé parce que, d'après les renseignements de Léo, les Grecs allaient vite être prévenus de la trahison.

Là... un flambeau brillait dans la nuit, dévalant la montagne vers le camp grec. Un messager !

Bientôt, les feux se ranimèrent, et un rassemblement se fit près de l'endroit où l'on avait regroupé les morts. Le devin Mégistias consultait les entrailles pour augurer de l'issue de la bataille.

Puis il parla à Léonidas qui l'écouta sans un geste, fixant le sol. Enfin le roi se redressa pour haranguer ses hommes. Je n'avais pas besoin du son pour savoir qu'il leur disait de se replier, que lui resterait avec ses Spartiates pour entraver l'avancée des Perses.

Un long fleuve noir s'écoula ensuite hors du défilé.

J'avais le cœur gros. Léonidas restait maintenant seul avec ses fidèles. C'était sans doute là qu'il leur lançait le fameux : « Mangez bien, car ce soir nous dînons en enfer. »

Furieux contre le traître, je retournai voir du côté de la montagne. À la lueur de la lune, la colonne des Perses progressait sur le sentier de chèvres, je l'apercevais entre les arbres. Elle approchait du sommet !

Enfin le camp grec d'en haut bougea, les guetteurs avaient dû sonner le branle-bas de combat. En un instant, tous les hommes furent sur pied. Mais leur nombre était dérisoire par rapport à celui de l'ennemi qui montait.

Le traître marchait en tête avec l'officier. Si j'avais pu entendre ce qu'ils se disaient !

J'approchai mon oreille. Ma joue toucha l'écran... et je fus comme aspiré. Je me retrouvai... dans un arbre. J'en fus suffoqué de terreur. Le traître s'avançait dans ma direction, menant la colonne de guerriers.

Heureusement il faisait nuit, personne ne me remarquait. Il n'y avait pas un mot dans la file, j'entendais juste les feuilles mortes crisser sous les pas. Maintenant, j'avais le son, mais à quel prix !

Les guerriers défilaient, lance pointée vers le ciel. Si je tombais, je m'embrochais. Et si j'en réchappais, il m'arriverait sans doute pire. Je n'étais pas armé pour ce genre de situation, et en disant « armé », je ne parlais pas d'arme. Qu'aurais-je fait d'une épée, sinon peut-être survivre quelques secondes de plus ?

Je n'osai imaginer ce qui se serait passé si j'avais collé ma joue non sur l'arbre, mais sur le chemin. Je serais tombé au milieu...

Je ne bougeais plus, respirant à peine. Le pire était que, si je mourais, Cléa ne saurait jamais la vérité et croirait que je l'avais abandonnée.

Un soldat quittait sa ligne pour s'approcher de mon arbre !

Il venait... uriner – pour parler correctement. Je bloquai ma respiration.

Il leva la tête et tressaillit devant l'étrange spectacle qui s'offrait à lui : un corps débordant de chaque côté d'une branche, et des yeux exorbités de frayeur. Il se retourna et chuchota quelques mots, qui se répandirent ensuite comme un souffle vers la tête de la colonne. Et une nuée de guerriers entoura l'arbre, lances pointées. Ils avaient des têtes de tueurs et se murmuraient des choses dont je ne comprenais pas un mot.

Évidemment, ils parlaient grec ! Je n'y avais même pas pensé !

L'officier de tête, revenu sur ses pas, appela à voix basse :

– Efaltesse ! (Ou quelque chose comme ça.)

Et le traître se montra ! Était-ce son nom ?

Je tentai avec désespoir de rassembler mes maigres compétences en grec.

Me désignant de son épée, le chef posa une question que je ne saisis pas, et le traître décréta d'un air froissé :

– (Une phrase hors de ma portée) je suis Efaltesse fils d'Eurydèmos (encore des mots mystérieux) tous les habitants (...) lieux.

L'officier donna alors un ordre que je ne saisis pas non plus, mais que j'interprétai comme celui de monter me déloger de mon perchoir.

Pris de panique, je me redressai sur la branche et tendis désespérément le bras vers le ciel, avec l'espoir confus qu'étant venu d'en haut, je pourrais repartir par là.

Et je me retrouvai par terre dans la pièce de la carte, l'épouvante au cœur, avec une atroce envie de vomir.

Horrible.

Je repris mon souffle avec peine, la tête bourdonnante, l'œil vissé sur la carte comme sur une ennemie terrifiante. Puis je fus de nouveau en mesure de comprendre ce que je voyais. Le jour se levait sur les Thermopyles, Xerxès était dans son campement, en tenue de cérémonie, sans doute en train de supplier les dieux de lui accorder la victoire. Coutume bien étrange, car pratiquée par tous les peuples, et qui devait compliquer sérieusement la vie des dieux qu'on priait dans les deux camps.

Les Perses qui avaient vaincu les gardiens du chemin dévalaient maintenant les pentes vers le défilé. En bas, les Grecs de Léonidas peignaient leur chevelure et y piquaient des fleurs, l'air de ne pas s'en faire. Il y en avait même qui jouaient de la flûte et d'autres qui dansaient la pyrrhique !

Je n'avais pas envie de voir la fin. L'armée de Xerxès allait déferler de partout et, bientôt, Léonidas serait mort.

Je posai mon doigt au bout de la bande-temps… ce qui la ramena au présent. La mer se retira des Thermopyles, les champs cultivés reprirent leur place, l'autoroute, la voie ferrée…

Ma tension s'apaisant, je remarquai qu'il faisait jour en Grèce, et donc bientôt ici aussi ! Je passai vite dans le bureau, attrapai une fiche et un crayon, et écrivis avant de l'oublier: « Le traître s'appelle Efaltesse, fils d'Eurydèmos. »

Puis je remontai en courant. J'étais dans un état second.

Je glissai la fiche sous la porte de Léo, puis revins à ma chambre et me jetai sur mon lit, encore à moitié malade.

# 30

Je luttais pour ne pas piquer du nez dans mon petit déjeuner, et Cléa me jetait des coups d'œil intrigués. Enfin elle me dit (en connaisseuse, je pense) :

– Tu as fait des cauchemars ?

Je répondis succinctement :

– Oui… Plutôt…

Léo n'était pas là, ce qui m'agaça. Je ne l'avais jamais vu manquer un seul repas, et justement aujourd'hui où j'avais envie de lui parler… ! Je voulais lire de l'admiration dans son regard, ou de la gratitude – ce qui était un peu mesquin, je le reconnais – et, en même temps, je redoutais d'avoir mal compris le nom.

Les criquets arrivèrent, encore endormis. Le début du petit déjeuner était le seul moment de la journée où ils restaient à peu près calmes. Les choses se gâtèrent dès qu'ils eurent fini leur muesli.

J'en profitai pour sortir en disant que j'avais un truc à faire.

À l'entrée du couloir des bureaux, Raoul et le docteur Roy chuchotaient avec animation. Ils s'interrompirent en me voyant, et j'eus l'impression détestable qu'ils étaient en train de parler de moi. Avais-je laissé une trace de mon passage dans la salle de la carte ?

Je m'en fichais, j'avais Léo pour me défendre. Je montai et frappai chez lui. Pas de réponse. J'ouvris avec prudence… Personne ! Pire : c'était comme si la chambre n'avait jamais été habitée.

Puis je sentis quelque chose sous ma semelle et me penchai… Ma fiche était toujours là. Je la ramassai et l'examinai avec curiosité. Elle avait été modifiée ! Le mot « Efaltesse » était barré, et Léonidas avait inscrit au-dessus (en caractères grecs) un mot qui se lisait : « Éphialtès ».

Tout en bas, il avait ajouté : « Je savais que tu étais particulier. Merci. »

J'en fus scié. Certes, j'avais mal saisi le nom, mais Léo savait visiblement de quoi il retournait. Et le « merci » laissait supposer que j'avais vraiment résolu son problème. Mon cœur bondit de joie.

Du coup, je redescendis. Raoul avait disparu, et le médecin-chef restait seul à l'entrée du couloir, l'air bizarre. Je m'informai d'un ton un peu agressif :

– Docteur, je ne trouve pas Léonidas.

– Ah... Oui... Il est sorti.

– Hein ? Pour aller où ?

Roy se redressa :

– Cela ne te regarde pas, Liam.

Un instant, je restai figé, hésitant à demander des explications, de peur de ce qui pourrait m'arriver si je me mêlais de ses affaires. Finalement, apercevant Cléa par la porte du restaurant, je changeai de conversation :

– C'est vous qui avez fait détruire la cheminée, dans le parc ?

Il me regarda en haussant les sourcils :

– Elle n'y est plus ?

Quel faux jeton ! Je préférai assurer mes arrières en commentant :

– Tant mieux, remarquez, elle aurait pu s'écrouler sur quelqu'un.

Puis je m'éloignai comme si je voulais parler à André. D'ailleurs, c'est lui qui m'arrêta :

– Tu sais pourquoi Léonidas n'est pas là ?

– À ce qu'il paraît, il est sorti.

Il me regarda avec un rictus à la fois moqueur et écœuré, puis il me fit signe de le suivre et on gagna l'escalier. Là, il reprit à voix basse :

– Sorti... définitivement, hein ?

J'avais du mal à respirer. J'étais malheureusement sûr qu'il voyait juste.

Il ajouta :

– Tu penses toujours que ceux qui disparaissent sont ceux qui sont guéris ?... Parce que ce gars qui se prenait pour le roi de Sparte, il te semblait guéri ?

Je refusai d'employer comme lui un temps du passé :

– Léonidas n'est pas fou, juste un peu dérangé. Il ne représente aucun danger, alors...

– Et dans la rue, avec son costume romain, tu crois qu'il ferait long feu avant d'être rembarqué pour l'hôpital psychiatrique ?

– Grec, soufflai-je, accablé. Un costume grec...

Mais je savais qu'il avait raison. Léonidas n'avait pas pu être autorisé à sortir.

J'étais si tourmenté que je ne pensais même plus à Cléa. Elle qui occupait d'ordinaire tant mon esprit... Cela donnait la mesure de mes angoisses.

Au sortir du cours de maths, elle me dit qu'elle m'avait trouvé distrait. Je ne voulus rien lui avouer.

L'après-midi, le cours d'anglais me rassura : je fus capable de discuter normalement et même de manière détendue. Mon inquiétude pour Léo jugulait les tensions qui me bridaient toujours quand j'étais près d'elle. La plupart du temps, j'avais tellement de mal à rester naturel que j'en rajoutais un peu trop dans la décontraction. Mais là, j'avais passé un cap.

On évoqua notre enfance – heureuse, pour tous les deux, et j'appris avec amusement qu'elle était née à Tours, où son père, étudiant à cette époque, avait un petit job d'été. En fait, on n'avait que quelques mois de différence, bien qu'elle ne soit pas de la même année. Si ses parents étaient restés à Tours, on se serait peut-être connus avant.

Mais ce n'était pas notre destin. Notre destin était ici.

Puis on parla de musique, de nos groupes préférés, de livres, de vacances, de collège (elle n'avait toujours pas retrouvé le nom du sien), de profs... de tout sauf de la salle de la carte et des habitants de la cave, du piano et de la raison pour laquelle elle était là.

Je la raccompagnai à sa chambre pour l'aider à porter les livres qu'elle avait empruntés à la bibliothèque – tous en rapport avec l'industrie au XIXe siècle. Bien qu'elle n'en parle plus, cherchait-elle à localiser une usine correspondant à la cheminée ?

En posant le tout sur sa table, j'aperçus de nouveau l'araignée. Sacrifiant à ma nouvelle désinvolture, je notai :

– Sympathique, cette araignée...

Et brusquement, je me demandai ce qu'une araignée trouvait à manger ici, où je n'avais jamais vu le moindre insecte. Il me sembla qu'elle nous regardait, et je lui soufflai en pensée : « Je ne sais pas qui tu es mais, si je disparais, veille sur elle. »

Et je ne plaisantais qu'à moitié.

Après ça, je descendis. Même si je craignais pour ma vie, je devais parler au docteur Roy.

Évidemment, je n'évoquerais pas avec lui mes soupçons sur la véritable fonction du manoir, je voulais juste aider Léo s'il en était encore temps. Je frappai à la porte du bureau.

Personne.

Raoul surgissant d'un couloir, je l'apostrophai :

– Le docteur Roy est absent ?

– Il est parti à un colloque.

Un colloque ! Comme par hasard au moment où il se passait quelque chose !

J'acquiesçai, l'air de ne pas mettre en doute sa parole, et il s'éloigna. J'attendis un instant, puis poussai la porte.

La salle de la carte me tendait les bras, mais je n'avais aucune envie d'y entrer. Maintenant, elle me faisait peur. J'avais le sentiment d'avoir ouvert la boîte de Pandore et découvert quelque chose que je ne me sentais pas prêt à affronter.

Le fichier en bois était toujours sur la table. Sans aucun scrupule, je feuilletai les fiches – jaunâtres, comme tout le papier dans cette maison.

Il n'y en avait pas pour Léonidas !

Naturellement, puisque ce n'était pas son véritable nom ! À l'endroit des « L » où il aurait dû se trouver, il y avait une « Léonora » que je ne connaissais pas. Le nom suivant était... Liam ! Commentaire : « 15 ans ». Rien de plus, comme Roy l'avait lu à mon arrivée. Le reste, il le gardait probablement au secret.

Je remarquai que ma fiche était bordée d'un large trait rouge et que je n'en avais pas vu d'autres semblables. Je fouinai un peu... Des bandes blanches, des grises, celle-ci sur une Charlotte qui avait « 24 ans », celle-là concernant un Gilles de « 36 ans »...

Je me figeai. Gilles... de Rais ? Ceux qui avaient les bandes grises étaient-ils les fantômes ?

Dans ce cas, cette Charlotte pouvait être celle qui avait laissé mourir ses enfants, l'âge correspondait...

Je me rappelai le nom qu'avait prononcé le capitaine (Jean-David Nau) et repris mes recherches. Il y était ! Jean-David. Avec la mention : « 39 ans ».

Ce qui était noté était l'âge à l'arrivée.

Dans les fiches blanches, je découvris Jean-Charles, le petit criquet, « 10 ans ». Pol, « 11 ans ». C'était ce que j'avais évalué.

J'en fus soudain intrigué. Ils semblaient avoir participé plusieurs fois à la cérémonie annuelle du jour des morts, ils auraient donc dû avoir aujourd'hui quelques années de plus... Cette fameuse atmosphère bloquait-elle non seulement la maladie et la décrépitude, mais aussi le processus d'évolution et de vieillissement ?

Et les criquets devaient être au manoir depuis un bon moment, puisque, je le mesurais soudain, ils ne connaissaient ni les portables, ni les ordinateurs. Et pas non plus le muesli !

Et j'étais bel et bien le seul à avoir une bande rouge. Même Cléa était en blanc. Pourquoi ?

Je me pétrifiai peu à peu. Voilà que me revenait une image à laquelle je n'avais pas assez prêté attention...

# 31

Je demeurai un instant prostré, avec de la peine à croire ce que je venais de découvrir. Malheureusement, il n'y avait aucun doute : aux Thermopyles, quand les Spartiates peignaient leurs cheveux avant la bataille, ils n'avaient plus leur casque... et j'avais vu le visage de Léonidas.

Et c'était lui. Je veux dire MON Léonidas.

Je n'y avais pas réfléchi, comme s'il était normal que Léo ait poussé le jeu de rôle jusqu'à ressembler trait pour trait à son modèle mais, maintenant, je comprenais qu'il ne jouait aucun rôle, il était le VRAI Léonidas. Le fantôme de Léonidas !

Non, ce n'était pas possible, son corps était normal, pas fantomatique !

Ou alors la présence de l'âme préservait le corps. Il m'avait bien dit que les fantômes d'en bas cherchaient une âme *pour redonner de la consistance à leur corps*.

Des détails me revenaient un à un. Quand j'avais eu peur de le blesser, il m'avait répondu : « Ça ne risque pas. » Il ne cherchait pas à me froisser, il s'agissait d'impossibilité matérielle : on ne pouvait pas blesser un fantôme ! Et je n'avais le droit de frapper que son bouclier... pour ne pas découvrir la vérité !

Mais alors... comment son épée était-elle venue à bout de ceux d'en bas ?

Je n'y comprenais rien. Les jambes en coton, je dus m'asseoir. On me trouvait « particulier » ? Pardi ! J'étais vivant !... Et j'étais le seul dans mon cas, c'est ce que signifiait la bande rouge ! La bande grise désignait les fantômes sans âmes, et la blanche les pensionnaires de l'étage. J'en suffoquais de douleur. Cléa... J'étais amoureux d'un fantôme !

La colère me prit. Qu'est-ce que je faisais là ? Pourquoi m'y avait-on amené ?

L'accablement suivit. Qu'est-ce que je faisais là...

Est-ce que j'avais un rôle à jouer ? « Tu es particulier », m'avait dit Léonidas.

À vrai dire, m'apercevoir si tard de la vraie nature des pensionnaires était une chance. Si je l'avais découverte à mon arrivée, je serais tombé raide mort de peur. Maintenant que je les connaissais, tout était différent et, à la lueur de ce que je venais de comprendre, je me rendais compte qu'aucun d'eux n'était fou.

Peu à peu, je retrouvai mon calme.

– Un problème ?

Je sursautai. Le docteur Roy venait d'entrer. Je bredouillai :

– Ils... sont morts, hein ? Ils sont tous morts !

Il eut un geste désolé.

Je protestai, espérant encore vaguement qu'il me contredirait :

– Pourtant, ils ne sont pas transparents comme ceux d'en bas !

– C'est parce qu'ils ont toujours leur âme et que l'atmosphère du manoir concentre les pixels.

Les pixels ! Comme pour la définition d'une photo !

– Dans le monde extérieur, ajouta le médecin-chef, ils ne seraient qu'une forme vaporeuse, et ceux d'en bas juste un souffle glacé.

Brrr... Souffle glacé. Je remarquai à peine que, bien qu'il ne m'en ait jamais parlé, il semblait parfaitement au courant de mon aventure des sous-sols. Je bredouillai :

– Alors... il n'y a que moi...

– Tu es en effet différent.

– Et ils ne savent pas qu'ils sont morts ?

– Certains si. Mais ils ne l'acceptent pas, c'est pourquoi ils n'arrivent pas à partir pour l'au-delà. (Il me sourit.) Et je crois que tu peux les aider.

– Les aider ?

– À accepter leur mort. Ils sont retenus ici par un problème qu'ils n'ont pas résolu. Si tu le dénoues, ils s'apaiseront et pourront partir.

La foudre me tomba dessus : Léonidas... En résolvant son problème, je lui avais permis de s'en aller. « Merci », m'avait-il écrit.

Et il n'avait plus de fiche...

– Alors, je ne reverrai plus Léonidas ?

Roy hocha la tête :

– Il va me manquer aussi. Je suis désormais seul avec Raoul face aux fantômes gris. (Il me considéra soudain avec surprise.) Attends... c'est toi qui l'as libéré ?

Je jetai un coup d'œil involontaire vers la carte, qu'il analysa aussitôt :

– Tu as compris comment elle fonctionnait ? Tu es allé voir dans le passé ?

Je hochai la tête, oppressé.

– Je savais bien que tu étais particulier, conclut Roy.

Il y eut un silence, puis je m'étonnai :

– Parce que vous ne pouvez pas, vous ?

– Non. Les morts ne parviennent pas à influer sur la bande du temps.

Le choc ! Lui aussi était mort !

Je mesurai d'un coup l'ampleur des dégâts. Je me sentis écrasé par un poids énorme, déchiré, très seul. Cléa...

Je me révoltai :

– Qu'est-ce que je fais ici, alors ?

Roy eut un sourire rassurant :

– J'ignore ce qui s'est passé et pourquoi on t'a envoyé ici mais, pour l'instant, tu y es bien, non ? Et à l'abri.

– À l'abri... Vous savez de quoi ?

– Pas du tout.

C'était secret à ce point ? Une révélation me frappa :

– Alors, en réalité, c'est à Raoul que mes parents m'ont confié, n'est-ce pas ? Pas à vous. C'est lui qui administre le manoir !

J'en avais souvent eu l'intuition. Avec le médecin-chef, ils se complétaient admirablement, le vivant et le mort, au point que je n'avais jamais fait la différence !

Le docteur Roy acquiesça :

– Raoul est en effet le maître de ces lieux. Et d'une discrétion totale.

Ça oui, alors ! Raoul s'occupait de tout le monde, même des morts ! Ma vision du majordome changea alors du tout au tout. J'eus honte de l'avoir si mal jugé. Il n'espionnait pas, il veillait juste dans le but d'aider les malades.

Parce qu'on pouvait quand même bien les appeler des malades !

Je soupirai :

– Donc Raoul et moi, nous sommes médiums...

– Vous avez en effet la capacité de communiquer avec les fantômes.

– Et pourquoi lui n'entre-t-il pas dans la carte ?

– Tout ce qui est technique, tu sais... ce n'est pas son truc. Et je crois que la carte lui fait peur.

Oui... Eh bien on ne pouvait pas lui donner tort. À moi aussi, elle faisait peur.

– En tout cas, reprit Roy, tu es précieux pour ce manoir, tu pourrais enquêter pour moi, qu'en dis-tu ? Certains pensionnaires me cachent l'essentiel et, dans ces conditions, il m'est impossible de les aider.

Il y en avait même un qui ne lui racontait rien du tout : André. Or le joueur de poker se trompait complètement...

Je relevai la tête :

– Lesquels sont au courant de leur situation ? (Je le compris tout seul.) Ceux qui ne viennent pas manger. Parce qu'ils savent qu'ils n'en ont pas besoin.

L'institutrice, le capitaine, Christophe... Christophe, qui ne s'était pas tiré des remous du torrent !

– Il n'y a que Léonidas qui ne ratait pas un repas, nota Roy, je me suis toujours demandé pourquoi.

Je proposai :

– Peut-être parce que toute son éducation a visé à lui enseigner la survie...

– Ah ! Tu vois que tu es doué pour l'enquête !

J'eus un vague sourire.

Léonidas savait qu'il était mort aux Thermopyles, il me l'avait dit... Sauf que je n'imaginais pas à ce moment qu'il était le vrai roi de Sparte. J'étais doublement fier de l'avoir connu.

Fier et très triste. Il me manquait.

– En tout cas, reprit le médecin-chef, ne dis rien à personne. Pour accepter sa mort, chacun doit d'abord résoudre le problème qui le retient ici, sinon cette découverte lui infligerait une trop grande souffrance. Quand on se réfugie dans le refus, c'est qu'on n'est pas en état de surmonter cette souffrance.

Je le considérai, le cœur en charpie.

– Et vous... Vous avez aussi un problème à régler ?

Il secoua la tête énergiquement (trop ?) :

– Je suis médecin psychiatre et j'ai été tué par un de mes patients... J'ai eu beaucoup de mal à admettre cet échec, de n'avoir pas vu, compris...

– Vous savez la vérité, et vous restez malgré tout au manoir ?

– Oui. Savoir la vérité n'empêche pas les regrets, ni la colère. Ce sont eux qui nous amènent ici. Mais j'ai fini par en prendre mon parti et j'ai décidé de rester pour aider les autres.

Il avait beau dire qu'il en avait pris son parti, j'aurais juré qu'il était encore très tourmenté par quelque chose. Il poursuivait :

– Il faut qu'ils aient quelqu'un à qui parler. J'en ai déjà guéri un certain nombre, tu sais, et ils ont pu partir.

L'angoisse me serra le cœur :

– Partir où ?

– Dans l'au-delà, je n'en sais pas plus. Ne restent ici que ceux pour lesquels je n'ai pas trouvé de solution.

– Ou qui le veulent, comme vous.

– Ou qui le veulent, comme moi.

La perspective d'être utile en menant des enquêtes me soulagea un peu. Mais je ne m'occuperais pas tout de suite du cas de Cléa, je n'avais pas envie de la guérir trop vite et de la voir s'en aller.

Pour ne pas reconnaître mon parfait égoïsme, je me persuadai que, puisque j'avais réussi à la tirer de sa prostration et de ses terreurs, c'était suffisant, qu'elle n'avait besoin de rien d'autre.

Rien d'autre que d'amour.

Pensons à autre chose. Pour commencer, il faudrait que j'obtienne les dates d'arrivée de chacun. Malheureusement, le docteur Roy les ignorait. Il n'était là que depuis peu, et la coutume était de ne rien noter. Dans la mort, tout le monde était remis à égalité. Les hasards de la naissance qui avaient donné le nom de famille, l'époque, la fortune, plus rien n'existait. Seul le prénom restait comme facteur de distinction, et l'âge – qui aidait à comprendre la mentalité.

Maintenant que je savais que chacun était arrivé ici à l'instant de sa mort, j'aurais une petite idée du monde d'où il venait. D'ailleurs j'avais repéré à la bibliothèque un livre qui m'aiderait.

Excité par ma nouvelle mission, je grimpai l'escalier quatre à quatre.

# 32

Le livre que j'avais repéré était une histoire du costume. Je commençai par chercher la tenue que portait Fanny et je la datai… de la fin du XIXe siècle.

Fanny m'avait parlé, au sujet de son arrivée ici, de 79. Elle voulait dire 1879 ! Elle n'avait aucune notion du temps qui avait passé, elle croyait encore pouvoir retrouver sa fille. Or si sa fille avait sept ans en 1879, elle n'était plus de ce monde, bien sûr… C'est ce qu'avait dit le docteur Roy !

Cela expliquait aussi les vêtements « à la dernière mode » qu'elle cousait.

Je levai la tête en entendant la porte s'ouvrir. C'était l'institutrice. Elle, elle faisait partie de ceux qui étaient conscients de leur état.

– Tu t'intéresses à l'histoire ? me demanda-t-elle.

– Aux costumes.

Elle replaça sur un rayonnage le volume qu'elle rapportait en commentant :

– Moi, je suis passionnée par l'histoire.

Je sautai sur l'occasion :

– Alors vous pourriez me donner des cours !

– Pourquoi pas ? À quoi t'intéresses-tu ?

Quelques jours avant, j'aurais dit Sparte mais, là, je décrétai :

– Le XIX^e siècle...

Elle me considéra avec curiosité, et je songeai que, si elle avait dans les vingt ans en 1914, elle était née au XIX^e ! Et elle savait qu'elle vivait au milieu de fantômes. Pour l'informer que je le savais aussi, je déclarai d'un ton affirmatif :

– Vous n'avez pas dans les cent vingt ans, madame, n'est-ce pas ?

Elle me lança un regard en coin.

– Appelle-moi Christine, ça me fera plaisir.

J'ajoutai :

– Je dis ça parce que le ministre Louis Loucheur, c'est la Première Guerre mondiale. Alors...

– Soit je bats des records de longévité, soit...

– Vous n'appartenez plus au monde des vivants.

Elle me considéra sans un mot.

– Ne vous étonnez pas, ajoutai-je. J'ai compris que j'étais le seul être vivant ici avec Raoul... Et que je peux vous aider.

Elle eut un sourire amusé :

– M'aider ?

Et, malgré sa tenue insolite (chemise de nuit et pantoufles), elle me parut d'une grande noblesse, avec cette pointe de décontraction des êtres de caractère. Je m'intéressai :

– Pourquoi êtes-vous au manoir ?

– J'ai l'impression de ne pas avoir eu de vie. Elle m'a été confisquée par les hommes, qui prennent les femmes pour des esclaves à leur service !

– Qui PRENAIENT, Christine. Les choses ont bien changé.

– Oui... Tu en es la vivante démonstration. En tout cas, dans ma mort, c'est moi qui décide. (Elle hocha la tête.) Et tu m'as déjà aidée, en me demandant de t'enseigner. Je suis redevenue une vraie personne...

– Une chouette personne !

Elle rit avec une gaieté qui me toucha.

– Pour ce qui est de l'histoire, reprit-elle, que cherches-tu au juste ?

– Je voulais la date du costume de Fanny, pour tenter de comprendre ce qui lui est arrivé. Parce qu'on ne l'a pas « emmenée au sanatorium », n'est-ce pas ? Vous avez une idée de ce qu'on a pu faire de sa fille ?

Christine secoua la tête :

– Je ne vois pas comment le savoir... Mais à cette époque, on n'avait guère de pitié pour le jeune âge.

Alors Fanny pouvait avoir raison. Les enfants placés dans des familles par l'Assistance publique étaient très vite mis au travail.

J'en eus mal au cœur. Je voyais maintenant les pensionnaires avec des yeux nouveaux, et je m'en voulais de ne pas avoir prêté attention à leurs problèmes. Mais comment pouvais-je imaginer la vérité ?

Je réfléchis. Je pouvais peut-être découvrir ce qui était arrivé à la petite en consultant la carte...

Seulement, pour ça, il aurait fallu connaître la date et l'heure précises de la mort de Fanny. « Décembre 1879 » était insuffisant, et je ne me voyais pas la chercher dans tout Paris, c'était le coup de l'aiguille dans la botte de foin. Cette pensée me soulagea, tant la carte me faisait peur.

Je songeai alors que les *distractions* du docteur Roy (qui laissait la porte entrouverte et s'absentait de son bureau) n'en étaient sûrement pas : me sachant « particulier », il voulait que je découvre cette carte. Et, en bon psychologue, il m'avait laissé m'enferrer tout seul. Quinze ans, c'est l'âge de la curiosité et de la violation des interdits, il en avait profité.

En réalité, il y avait un moyen d'avoir mes renseignements concernant Fanny, je préférais juste ne pas y penser.

Je laissai passer la nuit et, au réveil, j'étais regonflé. Fanny était malheureuse, il fallait que je l'aide ! Une fois qu'elle aurait admis qu'il était trop tard, que sa fille était partie depuis longtemps pour le royaume des morts, elle accepterait son sort et la rejoindrait.

J'enfilai le pantalon noir et la chemise blanche qu'elle m'avait cousus et allai frapper à sa porte « pour qu'elle voie si ma tenue ne nécessitait pas de retouche ».

Faux jeton.

Elle m'accueillit avec un grand sourire, en m'annonçant qu'on lui avait commandé un travail (elle ne dit pas lequel). Puis elle jugea avec fierté que mon costume m'allait parfaitement, et j'entamai avec elle une conversation sur son métier et le « Bon Marché », un grand magasin qui appartenait à monsieur Boucicaut, m'informa-t-elle.

Je comprenais mieux ce qu'elle trouvait d'extraordinaire à la caisse de retraite et au jour de congé payé par semaine. De fil en aiguille (ce qui était approprié pour une couturière), j'obtins son adresse à Paris, étage et tout, ainsi que la date exacte de son arrivée ici, donc de sa mort. Elle s'en souvenait parce qu'elle devait finir une robe ce jour-là, et qu'on « l'en avait empêchée ».

Un peu angoissé, je me décidai à retourner à la carte.

Mais pas question d'y toucher, cette fois !

Roy n'était pas dans le bureau, il me laissait le champ libre. J'aurais pourtant préféré qu'il soit présent...

Bon, chacun son boulot.

En tâtonnant, je cherchai décembre 1879 et tombai sur le 5. La neige m'obscurcit la vue, des flocons qui cinglaient à l'horizontale, malmenés par d'effrayantes rafales de vent. Les rares passants, emmitouflés jusqu'aux yeux, rentraient vite chez eux en se frayant un passage à travers l'épaisse couche de neige. Le long des murs s'amassaient de véritables congères. Je contemplai un moment cet étonnant paysage, puis je glissai vers le 8 décembre.

Il ne neigeait plus. La ville était blanche à perte de vue. En me rapprochant, je vis des gens avec des pelles, déblayant la neige et l'entassant sur des charrettes. On avait visiblement réquisitionné tous les véhicules pour la transporter, des véhicules... tirés par des chevaux ! Pas une voiture à l'horizon... Enfin pas une voiture AUTOmobile.

Les tombereaux improvisés se dirigeaient ensuite vers un long ruban de glace qui devait être la Seine pour y déverser leur chargement. On jetait aussi de la neige depuis le haut des ponts, si bien qu'elle commençait à former des collines au pied des arches.

Tout le monde semblait frigorifié, pourtant un peintre avait posé son chevalet sur la glace. Emmailloté dans plusieurs couches de vêtements, les mains dans des mitaines, il tentait de saisir la dangereuse magie de la neige.

Rue Mouffetard, où Fanny habitait sous les toits, il devait faire très froid. L'isolation, à cette époque, n'était sûrement pas fantastique et les moyens de chauffage non plus. Cela expliquait pourquoi elle était gelée en permanence.

J'avais emporté un vieux plan de Paris trouvé à la bibliothèque, où j'avais noté l'emplacement de son immeuble. Il était temps que j'y aille : dans la carte, le soleil déclinait, or Fanny était « arrivée au sanatorium » en fin d'après-midi.

Je découvris la rue en me repérant par rapport à la Seine et à l'île Saint-Louis. Quartier miséreux, bistrots pourris et marchands ambulants proposant une tête d'ail ou une unique pomme de terre à même la main. Sans étal, sans panier, sans rien. Une terrible pauvreté.

Je m'approchai encore en prenant soin de ne pas toucher la carte et détectai la bonne adresse. Tout en haut, sous les combles, les fenêtres étaient couvertes de givre. Impossible de voir à l'intérieur.

Et hors de question que j'entre dans la carte ! Surtout par cette température !

Je décidai d'avancer dans le temps par très petites impulsions, histoire de voir si quelque chose bougeait.

Enfin, vers le soir, je perçus de l'agitation au bas de l'immeuble. Des policiers en pèlerine et képi, sabre au ceinturon.

Je ne respirais plus qu'à peine. Puis je vis sortir un brancard caché par une couverture, et un pan de robe qui traînait. La robe beige à fleurs de Fanny ! Un policier suivait, tenant par la main une petite fille empaquetée dans plusieurs couches de vêtements. Fanny avait entassé sur son enfant tout ce qu'elle possédait de chaud et, elle, était morte... de froid !

J'en eus les larmes aux yeux.

Je me repris : tout était fini, maintenant, Fanny était avec nous.

Mais la petite ?

En la voyant, si misérable, emmenée par la police, j'espérais encore que Fanny se trompait, que la loi dont elle m'avait parlé (interdisant le travail des enfants avant douze ans et le limitant à... douze heures par jour !) était bien appliquée. Je suivis des yeux le petit cortège, jusqu'au commissariat. Là, il entra et disparut.

J'observai encore un long moment, gelé rien qu'à la vue des images. Bientôt la nuit tomba, et la rue se vida des rares passants qui s'y aventuraient encore. Seul resta un allumeur de réverbères. Armé d'une longue perche, il mettait le feu au gaz des lanternes. J'avais plongé dans un autre monde.

Malheureusement, pour savoir ce que deviendrait la petite, il faudrait que je la suive pas à pas chaque jour, pendant des années, ce qui était impossible. Et je n'étais pas sûr que ce que je découvrirais remonterait le moral de Fanny. Or j'étais censé lui apporter la sérénité.

Et si je lui disais que sa fille avait été recueillie par une famille riche ?... Ou plutôt « placée comme bonne » dans une famille riche. Oui, c'était plus crédible.

Seulement j'avais honte de lui mentir, même si c'était pour son bien. Hésitant, je remontai lentement l'escalier.

# 33

Je me préparais à frapper à la porte de Fanny quand j'aperçus Christophe au bout du couloir. Or je voulais lui parler. Soulagé de cette diversion, je le rejoignis.

Il eut un regard amusé pour ma chemise blanche et mon pantalon noir :

– Tu as voulu faire plaisir à Fanny ?

Ça me fit penser que, pour lui qui était habillé à la mode de Fanny, je n'avais aucune indication d'époque. Il avait cependant dû arriver récemment, puisqu'il connaissait internet et les programmes de physique en vigueur.

– J'ai à vous parler, dis-je, mais pas dans le couloir. Est-ce qu'on peut aller à la bibliothèque ?

Il acquiesça et on monta sans un mot. On s'assit, chacun à sa place habituelle. C'était comme dans une vraie salle de classe, où la chaise qu'on prend le premier jour nous appartient pour l'année entière. On traiterait même de voleur celui qui aurait le culot de s'y installer. Je me lançai :

– J'ai compris la vraie nature de cette maison. Et je sais pourquoi vous ne mangez pas.

Il se contenta de me dévisager sans un mot. J'enchaînai :

– Quand vous avez sauté à l'eau... vous ne vous en êtes pas tiré.

Il eut un vague mouvement de tête. Je repris :

– Je sais, maintenant. Je sais que vous êtes tous morts, que je suis le seul pensionnaire en vie. Imaginez l'effet que ça m'a fait !

– Je m'en doute...

– Mais il y a des choses que je ne comprends pas. Puisque vous savez que vous êtes mort, pourquoi ne l'acceptez-vous pas ?

Christophe s'appuya contre le dossier de sa chaise et arbora le rictus amer qu'il me servait souvent :

– Drôle d'histoire, hein ? Je suis ici par colère. Parce que j'ai échoué ! Je n'ai pas sauvé le gosse et je ne me suis pas sauvé moi-même !

– Vous avez fait de votre mieux, non ?

– De mon mieux ? Je devais déterminer la vitesse du courant et le temps que je mettrais pour atteindre la surface de l'eau et, en fonction de ces données, évaluer l'instant où sauter de la passerelle pour intercepter le gosse. Avant ou après, j'étais emporté à la même vitesse que lui et je ne pouvais plus l'attraper... J'ai dû me tromper quelque part. Dans la vitesse du torrent ou celle de ma chute. Pour un prof de physique, c'est fort, hein !... Je ne cesse de revoir la scène, de refaire le calcul et...

– Mais vous n'aviez que quelques secondes pour tout estimer !

Enfonçant ses poings dans ses poches, il grommela :

– Autrefois, j'étais le plus fort en calcul mental.

J'eus un sourire moqueur :

– Oui, les garçons, il faut toujours qu'ils soient les plus forts...

Il répondit par une grimace faussement excédée et ajouta :

– Il n'empêche que j'aurais pu le sauver et me sauver aussi !

– Ou non. Qu'est-ce qui vous dit qu'ensemble vous vous en seriez mieux tirés ?

– En tout cas, j'ai sacrifié ma vie pour rien.

– C'est la raison qui vous empêche de quitter ce monde ?

Il haussa les épaules :

– Écoute, j'ai déjà quitté la vie bêtement, je n'ai plus envie de prendre de risque. Parce que « l'au-delà », tu sais ce que c'est, toi ? Moi, je me plais ici, je préfère ne pas en bouger. Surtout que j'ai rencontré Fanny.

Je plaisantai :

– Vous voulez refaire votre... mort avec elle ?

– Pourquoi pas ?

Ouh... Si j'avais eu le temps de parler à Fanny, elle serait peut-être partie retrouver sa fille dans l'au-delà, alors que c'était ici que l'attendait le bonheur ! La preuve : depuis qu'elle fréquentait Christophe, elle était moins frigorifiée.

Je renonçai aussitôt au mensonge que j'avais prévu, soulagé qu'il me soit impossible de découvrir ce qui était arrivé à la petite.

D'ailleurs, fallait-il trouver toutes les réponses ? Je devais me montrer prudent. Peut-être valait-il mieux parfois ne rien savoir. Pour Cléa, par exemple...

Comme par un fait exprès, la porte s'ouvrit sur elle. C'était l'heure du cours de maths.

– Vous êtes déjà là ? s'étonna-t-elle.

Son expression détendue me frappa. Elle commençait à se remettre... à l'instant où je comprenais que sa situation était bien pire que ce qu'elle imaginait : son ravisseur l'avait tuée !

Inutile d'aller voir dans le passé, je n'avais pas envie d'assister à sa mort. J'en connaissais même déjà la cause : ce qu'on lui avait fait boire et qui constituait son dernier souvenir était à coup sûr du poison.

Mais elle était là avec moi, et plus rien n'avait d'importance. Oui... Il valait parfois mieux ne rien savoir.

Brandissant le peigne qu'elle tenait à la main, elle demanda :

– Personne ne sait où il y a une glace ?

Je commentai sans réfléchir :

– Ne t'en fais pas, tu es superbe.

Et je crois que je rougis. Christophe vint à ma rescousse :

– On peut difficilement faire plus ravissante.

Même s'il était sincère, son intention était surtout de noyer le poisson. Car il n'y avait aucun miroir dans ces lieux. Et (il le savait comme moi – ou plutôt mieux que moi qui en prenais conscience à cet instant) c'était sans doute parce qu'un miroir ne reflèterait aucune image, les fantômes étant immatériels.

Cléa posa son peigne sur la table. Il était en cristal, comme le mien, et marqué à son nom. Je glissai mon ongle sur ses dents. Un *la* un peu triste...

Après le cours, j'annonçai à Cléa qu'on n'aurait pas grec, que Léonidas était reparti *parce qu'il était guéri* – ce qui était vrai, dans un certain sens. Elle en fut catastrophée. Elle le regrettait beaucoup. Moi aussi.

On décida d'aller quand même dans le parc courir un peu pour lui faire honneur.

Dès que j'eus passé la porte, je fus intrigué par le paysage, comme s'il y manquait quelque chose. On prit le chemin le long de la mer. On était assez loin quand Cléa m'arrêta :

– Regarde, un magasin !

On s'approcha.

Ce n'était en réalité qu'une façade de magasin.

– Ce parc est très étrange, remarqua Cléa. On dirait un décor de cinéma resté sur place après un tournage.

Mais un déclic venait de se produire dans ma tête. C'est que j'avais lu l'enseigne du magasin : « Au Bon Marché »... Et je compris en même temps ce qui nous avait empêché de le voir avant : une colline entière avait disparu du paysage ! Un mont dont je me souvenais parfaitement, car je l'avais déjà vu ailleurs. Avec, à son pied, une terrible bataille...

On revint sur nos pas et on gravit une pente pour étudier le panorama de plus haut. J'avais l'esprit en révolution. Le mont qui avait présidé aux combats des Thermopyles avait disparu en même temps que Léonidas !

Au milieu de toutes les collines, on n'y prêtait pas trop attention, et Cléa n'avait rien remarqué. Inspectant les environs, elle déclara :

– Je ne vois aucun autre décor, sauf si l'école en est un.

On se tenait au bord du ravin, pas loin du pont. Et une autre vérité me sauta à la figure : il s'agissait d'une passerelle sur le torrent... de Christophe ! S'il pouvait refaire le calcul sans cesse, c'est qu'il avait son problème sous les yeux.

« Au Bon Marché » était le projet de Fanny... mais elle n'avait jamais dû y entrer, c'est pourquoi on n'en voyait que la façade. Elle ignorait certainement sa présence ici, puisqu'elle ne sortait jamais. Les femmes d'autrefois fuyaient le soleil pour garder le teint clair.

Christine... L'école était son rêve ! Ce parc cristallisait les rêves des pensionnaires !

L'île, au loin, appartenait sans doute au pirate, un capitaine au visage buriné, qui n'avait pourtant pas pris le large depuis bien longtemps. Le château... était celui d'Emmerance ou de son chevalier, et à son pied, la sombre forêt et le ciel tourmenté... étaient une création des fantômes d'en bas ?

Pour que Cléa ne remarque pas mon trouble, je repartis en criant :

– Premier arrivé !

Elle râla :

– Tricheur !

Et on dévala la colline. Mais Cléa tricha aussi, parce qu'elle bifurqua vers le parterre de lys. Je la rejoignis quand elle s'y arrêta.

– Je vais en cueillir pour ma chambre, j'adore les lys. (Elle en coupa cinq, pendant que je continuais à courir sur place pour ne pas laisser refroidir mes muscles.) Encore que je préfère les rouges... tu sais, un peu orangés, couleur coucher de soleil.

C'est alors que je perçus le massif pour ce qu'il était réellement : de gros bouquets de fleurs blanches... comme on en verrait sur une tombe. La tombe d'une jeune fille.

« Ça n'a pas d'importance, me répétai-je, elle est là, avec moi, tout va bien. »

Puis je songeai que, si la cheminée avait disparu, le médecin-chef n'y était pour rien. En arrivant, Cléa l'avait générée parce qu'elle représentait l'espoir pendant sa captivité. Ensuite, ce décor ne lui avait plus évoqué que de mauvais souvenirs, et elle avait préféré s'en débarrasser.

Mais pourquoi aurait-elle imaginé ces lys blancs ? Surtout qu'elle préférait les rouges. Se pouvait-il qu'elle sache confusément qu'elle avait une tombe, et qu'en réalité elle était morte ?

Entendant des cris, je regardai la mer. Les criquets jouaient sur les chambres à air... qui leur appartenaient. Pol, agenouillé sur le bord, ramait d'une main au centre. Jean-Charles était assis dans la sienne, les fesses dans l'eau. Et ils s'éclaboussaient à grand renfort de hurlements et de rires.

Pourquoi étaient-ils au manoir, eux ? Qu'est-ce qu'ils ne digéraient pas ? Ils n'avaient franchement pas l'air angoissés. Encore que...

Je me demandai comment ils étaient morts, et depuis combien de temps. Il fallait que je m'en informe sans leur mettre la puce à l'oreille.

# 34

Je coinçai les criquets au détour d'un couloir :

– Dites donc, les gars, je fais un relevé pour le médecin-chef. (Je brandis mon bloc de papier pour plus de crédibilité.) J'ai besoin de votre date de naissance.

– 13 juin 1952 ! claironna Pol.

Jean-Charles :

– 12 juillet 1953.

Je notai avec soin. Ils étaient nés dans les mêmes années que mes grands-parents ! Je leur demandai leur adresse, et ils m'indiquèrent la rue Sarrazin à Nantes.

– Et quel jour est-ce que vos parents vous ont amenés ici ?

Ils se regardèrent, une vague anxiété dans le regard.

– C'est pas nos parents, dit le plus jeune, c'est un taxi, une caravelle Renault, super, un modèle qu'on n'avait encore jamais vu.

Moi, je n'en avais même jamais entendu parler.

– Mais on est venus de Pornichet, souffla l'aîné.

– De Nantes ! protesta Jean-Charles.

Intrigué, je leur fis préciser :

– Vous avez aussi une maison à Pornichet ?

– Non, répondit Pol, le visage fermé. C'était pour les vacances.

L'adresse, il ne se la rappelait pas, il se souvenait juste d'une grande plage. Jean-Charles, lui, continuait d'affirmer qu'ils étaient à Nantes. Sceptique, je demandai :

– Et vous êtes arrivés ici à quelle date ?

Pol me fixa d'un air dur que je ne lui avais jamais vu.

– 25 juillet 1963, lâcha-t-il finalement.

Puis il mima une attaque contre son frère, qui s'enfuit en poussant des cris de mouette en péril. Il le poursuivit avec les mêmes cris perçants, indissociables de leurs jeux.

Ils refusaient de se souvenir. De quoi ? Ça...

S'ils étaient aussi excités en permanence, c'était peut-être pour s'empêcher de penser. Qu'avait-il pu se passer ce 25 juillet 1963 ?

... Dans un lieu indéfini, hélas. Déjà, Pornichet, je ne savais même pas où c'était.

Je descendis à la salle de la carte.

Rien à faire, entrer dans cette pièce me donnait des palpitations. Je jetai un coup d'œil sans trop m'approcher. Quand on habite Tours, on sait où est Nantes : sur la Loire aussi, en allant vers la mer. Les plages ne manquaient pas, dans le coin. Avec un peu de chance, Pornichet s'y trouvait.

Oui, là ! Près de l'embouchure du fleuve. J'agis sur la barre du temps, et la ville rétrécit. En 1963, elle était beaucoup moins étendue qu'aujourd'hui. Mais sans l'adresse des criquets, comment les trouver ?

M'approchant de la plage, je vis des enfants jouer dans l'eau sur... des chambres à air de camion ! Je cherchai parmi eux sans y repérer mes deux mickeys. Le 25 juillet, en pleine après-midi, ils n'étaient pas à la plage.

Dans ce cas, c'était peut-être Jean-Charles qui avait raison. Je reportai mon regard vers Nantes.

La ville était évidemment beaucoup plus grande. Comment détecter la rue Sarrazin ?

Vu son degré de perfectionnement, cette carte d'éternité devait permettre de choisir une adresse en la tapant quelque part.

J'étudiai les pourtours, sans rien voir d'autre que l'affichage du temps au bout de la bande. Agacé, je cherchai un peu au hasard, mais je n'étais pas sorti de l'auberge.

– Rue Sarrazin... rue Sarrazin...

Je sursautai. La carte venait de se déplacer et de se fixer sur une rue. Je ne doutai pas une seconde que ce soit la bonne : la carte répondait tout simplement à la voix !

Je commençais à bien me débrouiller avec elle. Je savais à quelle vitesse approcher mon visage pour zoomer sur un endroit et l'éloigner pour voir de plus loin. Le numéro que les criquets m'avaient donné correspondait à un immeuble. Or je ne pouvais pas voir à l'intérieur d'un bâtiment.

La rue était d'un calme plat en cette journée d'été. À croire que tout le monde était parti en vacances. Mon regard retourna alors vers Pornichet en suivant la route. Et j'eus un choc...

Bien sûr ! Cela expliquerait qu'ils ne soient pas d'accord sur l'endroit où ils se trouvaient !

J'examinai le bitume avec soin. Il n'y circulait que de vieux modèles de voitures... ou plutôt des modèles aujourd'hui anciens.

Là ! Un accident ! Une voiture bleue dans un champ, les quatre roues en l'air. Une deux-chevaux. Pris d'un pressentiment, je regardai l'heure affichée sur la bande-temps : 18 h 23.

Je revins un peu en arrière.

18 heures. La voiture n'était pas dans le champ.

Je la cherchai sur la route de Pornichet et la découvris roulant tranquillement. Mon cœur se serra. Il faisait beau et la deux-chevaux était découverte, la capote roulée en boudin au-dessus de la vitre arrière. À l'intérieur, il n'y avait pas de ceintures de sécurité ni de siège bébé. Pourtant, un enfant très jeune dormait à l'arrière, à côté de deux garçons qui, eux... chahutaient. Mes criquets, égaux à eux-mêmes, dans leur tenue de plage.

Je retins mon souffle. Les criquets...

Bien que je n'entende pas, je les connaissais assez pour imaginer le niveau sonore. La mère tournait de temps en temps la tête, sans doute pour essayer de ramener le calme. Puis le père tenta d'envoyer des claques en arrière. Sans succès, il ne les atteignait pas. Il finit par se retourner...

Il était 18 h 15. La voiture mordit sur le bas-côté, s'envola par-dessus un talus. Je fermai vivement les yeux. Je ne voulais pas voir la suite. Je connaissais déjà le résultat. J'éloignai vite mon visage, le cœur tambourinant.

– Il se passe quelque chose ?

C'était le docteur Roy.

Je bredouillai :

– Les criquets... je veux dire Pol et Jean-Charles...

– Tu as vu quelque chose les concernant ?

– Un accident de voiture. Dont ils se sentent responsables, je pense. Leur agitation permanente, vous la connaissez... Leur père, qui conduisait, s'est retourné. Sans doute qu'il n'en pouvait plus...

Roy hocha la tête, lentement, comme pour scander sa réflexion.

– Pour qu'ils refusent à ce point de se souvenir, dit-il enfin, c'est qu'ils n'ont pas été les seules victimes.

Ravalant ma salive, je soufflai :

– Vu l'état de la voiture... toute la famille... Il y avait même un bébé.

J'étais complètement oppressé.

– Calme-toi, Liam, me dit le docteur Roy, on n'y peut plus rien. Et rappelle-toi que cela s'est passé il y a très longtemps. Ils sont ici, leurs parents et le bébé partis pour l'au-delà.

Je soufflai :

– Quelle...

J'allais dire « connerie », mais je me retins. Et je ne voulais pas dire à la place « bêtise », qui ne me paraissait pas assez fort. Je finis :

– C'est tellement dur pour eux !

– La culpabilité, oui. Les conséquences des actes sont parfois hors de proportion avec leur cause.

Il y eut un silence, puis j'ajoutai :

– C'est pour ça qu'ils prennent ce manoir pour une maison de correction...

– Ils voudraient être punis. Une bonne sanction, et que tout soit oublié, que tout redevienne comme avant.

Je comprenais qu'on puisse en rêver. Appuyer sur la touche « annuler », comme sur l'ordinateur, et revenir à la situation précédente. Je relevai la tête :

– Vous allez le leur dire ?

Je n'avais surtout pas envie d'avoir à le faire moi-même.

– Avec ces renseignements, répondit Roy, je peux les amener à reconnaître ce qui s'est passé. Il y a un moment où il faut l'assumer, et leur attitude prouve qu'ils sont profondément éprouvés. Ils reproduisent sans cesse la dernière scène, un chahut terrible, pour que je les gronde et que tout reprenne sa place.

– Sauf que rien ne reprendra sa place...

– Non, mais tout en prendra une autre. Je dois leur faire comprendre qu'ils n'étaient que des gamins, ils n'imaginaient pas ce qui pouvait arriver. Que leur mère s'en veut sans doute de ne pas être intervenue avec assez d'énergie, leur père d'avoir manqué de patience. Tout le monde est certainement malheureux... autant qu'eux.

C'est ce qu'avait dit Christophe : « Ils sont sans doute plus malheureux que vous. »

Je fus d'accord :

– Il faut qu'ils rejoignent leurs parents.

Et je me sentis plein d'espoir. Je pouvais apporter la paix à ceux qui l'avaient perdue !

J'eus un rictus volontairement railleur. Au manoir aussi, le départ des criquets allait apporter la paix. Mais je ne me le disais que pour lutter contre un petit coup de déprime.

– N'est-ce pas l'heure de ton cours d'orthographe ? me demanda le docteur Roy.

Il m'expédiait ailleurs, pour que je pense à autre chose. Il ne voulait pas que je prenne sur mes épaules tout le malheur du monde, et je lui en fus reconnaissant.

Je partis pour le cours, même si j'étais en avance. J'avais vraiment besoin de me changer les idées. Les criquets allaient nous quitter, et un univers qui se modifie sans cesse n'a rien de rassurant.

D'autant que je n'étais toujours pas remis du départ de Léonidas. D'une certaine façon, je tenais entre mes mains le sort des pensionnaires de ce manoir, et c'était un sentiment terrible. Que faire de ce pouvoir qui m'était donné ?

# 35

Dans le couloir, je croisai Raoul et sa seule vue me soulagea. Je lui racontai comment j'avais tout appris sur notre situation étrange, à lui et à moi. Évidemment, il le savait déjà par le docteur Roy. Et il n'avait aucune information supplémentaire à m'apporter sur ma présence. Tout était top secret. Toutefois il veillait sur moi, que je ne m'inquiète pas.

Je repartis vaguement soulagé. On ne pouvait pas qualifier Raoul de cordial ni de comique, mais on ne pouvait pas nier qu'il était fiable.

« ÉCOLE DE FILLES ». Je souris avec un peu d'amertume.

Christine n'était pas encore arrivée, et Cléa non plus. J'entrai dans la classe et m'assis à une des tables en bois. Toutes étaient trop basses pour moi, mes genoux frottaient dessous. Et pas moyen d'écarter les bancs : ils faisaient bloc avec elles.

Mon regard parcourut la salle. Je la percevais maintenant avec d'autres yeux : c'était en tout point celle où avait enseigné Christine pendant la Première Guerre mondiale. Des tables à la taille d'élèves de primaire, avec une rainure en haut pour accueillir une règle en bois et un porte-plume, et le trou avec son encrier de porcelaine rempli d'encre violette. Au fond de la pièce, un poêle à bois – éteint, puisqu'on n'avait jamais besoin de chauffage. La carte de France au mur... rognée à l'est. Il manquait une partie de l'Alsace et de la Lorraine. Elles n'appartenaient pas à la France, bien sûr ! C'était après la guerre de 1914 qu'on les avait récupérées.

Christine avait déjà écrit sur le tableau noir la morale du jour :

« L'homme ignorant gagne difficilement sa vie. »

La veille, c'était :

« Personne ne croit plus le menteur, même quand il dit la vérité. »

Ces inscriptions me paraissaient un peu infantiles, pourtant, à chaque fois, elles me faisaient réfléchir.

Les élèves de l'époque n'avaient sûrement pas le droit d'ouvrir la bouche sans qu'on leur ait donné la parole mais, en voyant entrer Christine, je ne pus me retenir :

– Vous êtes magnifique !

Elle n'était plus en chemise de nuit ! Elle portait une robe... fin XIX^e siècle. C'était ça, la « commande » sur laquelle travaillait Fanny ! Ainsi habillée, notre institutrice retrouvait toute sa dignité. Elle se redressa, un sourire malicieux dans les yeux :

– Parle-t-on de cette manière à son institutrice ?

Je ris :

– À votre époque, peut-être pas, à la mienne, si. Et encore, je n'ai pas dit « Vous êtes bluffante », ou pire.

Elle rit avec moi.

– Tu es un garçon remarquable, Liam. Tu m'as fait beaucoup de bien.

– Oui ? plaisantai-je. Ça vaut combien de cours d'orthographe et d'histoire gratuits ? (Je m'inquiétai soudain.) Vous n'allez pas repartir, hein ?

Elle secoua la tête.

– Je suis ici par choix, et je m'y sens utile. As-tu révisé l'accord du participe passé ?

Euh... Vu les circonstances, pas du tout. Je trouvai une excuse aussi fumeuse que quand j'arrivais en classe en ayant bâclé un devoir :

– Je croyais qu'on avait histoire, cet après-midi.

Et, de nouveau, on rit. Il était quand même incroyable de plaisanter ainsi avec une femme qui avait sept ou huit fois mon âge.

Elle reprit :

– Tu sais ce qui m'a donné de l'intérêt pour l'histoire ? Les gens qui passent ici.

J'approuvai :

– Je comprends ! Des gens comme Léonidas, ou Emmerance. Elle, c'est le Moyen Âge, hein ? Je dis ça à cause du hennin.

– Oui… Encore que le Moyen Âge dure mille ans, du V$^{e}$ au XV$^{e}$ siècle. Et que le hennin ne se porte qu'au milieu du XV$^{e}$.

– Ah bon ? Ça veut dire qu'on connaît de manière précise l'époque d'Emmerance ?

Christine relativisa :

– À quelques années près.

Je m'emballai :

– Vous savez quelque chose sur son histoire ?

Christine secoua la tête :

– Je connais comme tout le monde la question qu'elle pose aux nouveaux arrivants, rien de plus, parce que, ensuite, elle redevient muette. Une femme qui était au manoir quand je suis arrivée disait qu'elle se taisait parce que personne ne la croyait.

À commencer par moi. Elle m'avait parlé, la veille de la Toussaint et, pour en arriver là, elle devait être désespérée. Et quelle avait été ma réaction ? Le doute. Voilà bien Liam, le roi des psys !

Une ombre coupa un instant le soleil, et Cléa entra.

Mon cœur eut un hoquet, et je faillis me lever pour la serrer dans mes bras. Christine me brida net :

– Liam, si tu nous lisais la morale du jour.

Je me tassai de nouveau sur mon banc. Il fallait que je me contrôle. Quel crétin fini ! Être amoureux d'un fantôme !

En lisant la morale, je réalisai que si on n'avait pas le droit de toucher les autres, ce n'était évidemment pas pour des raisons de santé. Le contact était tout bêtement IMPOSSIBLE, et on ne voulait pas que les pensionnaires découvrent leur état de manière aussi violente.

Je n'avais pas écouté le commentaire de Christine. Je me repris quand Cléa lança :

– Chiche que je te bats à la dictée !

Et là, je ricanai :

– Dans tes rêves !

Oui, je devais cesser de penser à elle de cette façon, et me consacrer à ma mission. Je ne passerais sans doute pas très longtemps ici, il fallait que je sois efficace.

En sortant du cours, je me demandai par qui poursuivre mes enquêtes.

J'aurais bien fouiné du côté d'Emmerance (voilà que les histoires d'amour m'intéressaient), mais il aurait déjà fallu que je gagne sa confiance pour recueillir les informations nécessaires.

Je passai en revue les autres pensionnaires et décidai de me pencher d'abord sur le cas d'André. Lui rejetait tellement l'idée d'avoir perdu la vie qu'il était persuadé d'un complot. Seulement j'ignorais tout de son époque puisque, comme Christophe, il portait l'uniforme de Fanny.

# 36

Maintenant que je savais qu'André était mort, je percevais différemment ce qu'il m'avait raconté. « Je tire une carte, je vais poser mon jeu... et je ne peux pas. »

Il avait voulu jouer, et il était mort. Assassiné par un adversaire ?

Je récupérai dans ma chambre mon bloc de papier et me dirigeai vers la pièce de la tour où il passait les trois quarts de son temps. Une chance : il y était seul, enchaînant les réussites.

Je déclarai d'un air important :

– Je mène une enquête sur la manière dont chacun est arrivé ici.

– Ah. Tu as du temps à perdre.

Du temps ! Comme si le sien était mesuré ! J'insistai :

– Vous ne voudriez pas éclaircir l'affaire, vous ?

– Bien sûr que si. Mais je ne vois pas comment.

– On ne sait jamais. D'où êtes-vous ?

– De Grenoble.

Grenoble ? Ça me rappelait un décor du parc.

– Il y a souvent de la neige, là-bas, non ?

Il eut un sourire involontaire :

– Mes parents ont un chalet sur les pentes. Quand j'étais gamin, en hiver, on faisait de la luge...

D'accord. Le pic enneigé, c'était lui.

Je repris d'un ton neutre, comme si je débitais une batterie de questions prédéfinies :

– Quelles sont les dernières personnes que vous avez vues avant de vous réveiller ici ?

Se réveiller... par la mort effective, c'était quand même bizarre à dire.

– Des copains de tripot. Ils étaient en train de me plumer.

Je plaisantai :

– De vous déplumer...

Il grimaça :

– Oui, de me dépoiler. J'étais en caleçon, j'avais joué tous mes vêtements... Oh là... Attention, hein ! Tu ne répètes rien à ce fouineur de Roy.

– Je n'ai qu'une parole, ne vous tracassez pas. C'est juste entre vous et moi. Quelle est la dernière image que vous vous rappelez ?

– Eh bien, je te l'ai dit : je tire une carte...

Son front se plissa et il répéta, concentré :

– Je tire une carte...

Je regroupai les cartes de la réussite qu'il venait de finir et posai le paquet devant lui :

– Refaites la dernière partie, pour voir...

L'idée l'excita. Le poker était pour lui une véritable passion, qu'il ne pouvait pas assouvir ici, puisque le capitaine refusait les jeux d'argent et que personne d'autre n'était amateur.

Il étudia les cartes et les distribua à des joueurs fictifs, puis il laissa le reste sur la table. De ce tas, il remit et reprit des cartes, et pour finir, se pétrifia :

– Je venais de tirer l'as de trèfle...

Je n'y connaissais rien, mais un as était généralement une bonne carte.

– Et... ?

– L'as ! J'avais une quinte royale... (Il s'anima.) Tu te rends compte, une quinte royale ! J'allais gagner, rétablir mes finances. J'aurais pu arrêter de jouer, épouser ma fiancée !... Et on me kidnappe, on m'enferme ici !

J'avais une longueur d'avance sur lui et, sachant qu'il était mort, une vision différente de ce qui avait pu se passer. Il était en train de perdre, dans l'angoisse la plus totale… et il avait tiré une carte qui allait tout changer. Prenant ostensiblement des notes en professionnel, je poursuivis :

– Vous souvenez-vous des derniers mots que vous avez entendus ?

Il me regarda, encore choqué.

– Non… (Il plissa le front.) Ah si… J'entends : « Oh ! André, qu'est-ce qui t'arrive ? »

Parfait. J'étais sur la bonne piste. À ce stade, j'aurais volontiers laissé le médecin-chef prendre le relais, seulement j'avais promis à André de ne rien dire, même si c'était un peu ridicule.

Tant pis, je devais pouvoir m'en tirer. Il faudrait juste un peu de doigté. Car Roy avait été formel : c'était au malade de découvrir la vérité pour parvenir à l'assumer. Je tentai :

– Quand vous avez tiré cet as de trèfle, votre cœur a dû s'emballer…

– Tu parles ! Un feu d'artifice ! (Il s'interrompit net et porta sa main sur sa poitrine.) J'ai… une douleur.

Je glissai avec *subtilité* :

– Trop de bonheur soudain ?

Il me regardait fixement, sans comprendre encore. Je me faufilai dans le silence :

– C'est là que se situe le « Oh ! André, qu'est-ce qui t'arrive ? »

Il ne répondit pas mais, à sa tête, je jugeai que l'affaire avançait. Je l'aidai :

– En quelle année êtes-vous né ?

– 1920.

Je chuchotai sur le ton du secret :

– Et moi autour de l'an 2000.

– Ouh ! (Il éclata de rire, puis cessa brusquement et fronça les sourcils.) Tu es à peine plus jeune que moi... C'est eux qui t'envoient ? Ils ont réussi à te rendre fou !

Je pris un air inquiet :

– Vous croyez ? Pourtant, si j'étais né dans les mêmes années que vous, j'aurais dû vivre la guerre de 1939. Or je l'ai apprise dans les livres.

– Cette guerre t'a dérangé l'esprit. Quand je suis arrivé ici, en août 1944, la France venait d'être libérée.

– D'accord, mais moi je connais les présidents qui se sont succédé après. Coty, de Gaulle, Pompidou, Mitterrand, Chirac et d'autres.

Il plissa les yeux :

– De quoi tu me parles, là ? René Coty est sénateur, et de Gaulle président du GOUVERNEMENT PROVISOIRE.

Sa voix commença à s'éteindre. Il semblait étouffer. J'eus pitié et demandai, presque aussi angoissé que lui :

– Vous m'aviez dit qu'il y avait des fantômes sous nos pieds. Je suis allé vérifier, il y en a bien. De terrifiants.

– Oui… ?

– Mais ce n'est pas le seul endroit du manoir où on en trouve. Ceux qui ne sont pas dangereux peuvent aller et venir en toute liberté.

Il me fixa avec une sorte de terreur.

– Que cherches-tu à me dire ?

Et, soudain, la résistance se brisa en lui. Il porta de nouveau la main à son cœur et resta immobile, le regard fixe.

– J'ai fait une crise cardiaque…

Oui. Qui avait sans doute provoqué un coma, suivie de la mort cérébrale et enfin de la mort clinique. J'avais assez fréquenté les hôpitaux pour être au point sur le sujet.

– Je suis… mort ? (Il plissa le front.) C'est le paradis, ici ?

– C'est un lieu de passage, une antichambre, avant que les morts n'acceptent leur condition.

– Alors, Léonidas…

– Il n'a pas été tué, ni enfermé. Il est parti quand il a résolu son problème.

André était livide. Il demanda dans un souffle :

– Et moi… quel est mon problème ?

– Je crois qu'il faut que la rancœur vous quitte.

Il y eut un long silence, avant qu'il ne murmure comme pour lui-même :

– Ce ne sont pas mes parents qui m'ont enfermé ici... Dire que je les ai tant haïs !... Je dois m'excuser auprès d'eux, essayer de réparer... Ils sont (il réalisa les conséquences de ce qu'il découvrait) décédés ?

– Par la force des choses, oui, depuis longtemps.

– Et ma fiancée ?

J'eus un geste d'ignorance.

À cet instant, on entendit la cloche d'alerte. Je bondis :

– Le sauve-qui-peut, venez vite ! S'il s'agit d'un fantôme gris, c'est dangereux.

Il secoua la tête :

– Il ne me trouvera plus ici. Mon temps est fini.

Et pfft... son corps s'effaça. Je reculai, complètement stressé. Puis je me repris et courus vers la salle blindée.

# 37

Les pensionnaires s'aperçurent tout de suite de la disparition des criquets (au niveau sonore) puis de celle d'André quand le capitaine demanda un adversaire aux cartes. Je dus me dévouer pour jouer avec lui.

Christophe et l'institutrice, qui savaient depuis le début qu'ils étaient tous fantômes et n'en avaient jamais soufflé mot, commentèrent leur départ comme celui de Léonidas : « renvoyés chez eux ». Ils se réjouirent même qu'ils soient « rétablis ».

– Ça fait beaucoup d'un coup, ajouta le capitaine. Il y a une épidémie de guérisons ou quoi ?

Oui... C'était mon efficacité. Mais elle ne me réjouissait guère, je n'avais aucune envie de voir tout le monde s'en aller ! Et il y avait évidemment des cas que j'étais encore moins pressé de résoudre.

L'arrivant qui nous avait valu ce sauve-qui-peut était un locataire pour notre étage – qui ne me sembla pourtant pas spécialement recommandable. On n'était pas très difficile sur la marchandise, ici. Il se distinguait par un sourire en coin – ou plutôt la moue mi-dégoût mi-mépris caractéristique de l'ado qui croit que prendre un air blasé le fait paraître adulte. À part ça, cheveux noirs en pétard figés au gel, jean déchiré, deux tee-shirts l'un sur l'autre, jaune à manches longues dessous, noir dessus. Plus un collier en jean clouté autour du cou, des santiags qui lui donnaient une démarche de canard plus que de cow-boy, et un anneau d'or piqué dans une aile du nez.

Quand je lui demandai d'où il venait et pourquoi il était ici, il me répondit sans cesser de mâchouiller son chewing-gum :

– Ça peut te fout' ?

OK...

Cléa intervint alors d'un ton diplomate :

– Tu es en convalescence ?

– Ouais. J'étais à la plage à Deauville, peinard avec les copains, et je me suis à moitié étouffé. Le SAMU est venu me chercher. Franchement, quel cinéma ! J'ai rien, quoi ! Puis un taxi me pète ici. Mais je savais pas qu'en *taule de repos*, y avait des filles canon comme toi.

Et je vis sur le visage de Cléa un certain amusement.

Il s'approcha d'elle avec son sourire de faux cul :

– T'es là pour longtemps ?

– Je ne sais pas encore. Mais on n'est pas mal, ici, on a même une plage privée.

– Alors on pourra se baigner ensemble. Ça me dit de te voir en string.

Sa phrase me déplut carrément, et j'eus l'impression qu'elle déplut tout autant à Cléa. Puis il se plaignit qu'on lui avait piqué « son matos de zique » et, là, j'eus du plaisir à lui lâcher dans les gencives :

– Tu peux faire une croix dessus. Ici, tout appareil est interdit. Musique ou autre.

Il se mit à brailler qu'on n'avait rien à lui interdire, et qu'il avait déjà « maté » PLUS D'UN « clown de bahut ». Il entendait sans doute par là « principal de collège », et ses actions d'éclat avaient dû se traduire par son renvoi de PLUS D'UN collège.

Il se vanta auprès de Cléa que ses parents étaient « pétés de tunes » et qu'ils avaient une maison à Deauville, sur la Promenade des Planches, où il se « pétait la belle vie avec les potes, à fumer des pétards ». Un discours pétant, on ne pouvait pas dire moins.

Là-dessus, il voulut savoir si Cléa avait déjà « couché », parce que lui, bien sûr, avait une grande expérience.

Celui-là, à peine arrivé, il commençait à me les briser menu. Il n'allait pas moisir ici, je le garantissais !

Sûr, question grandeur d'âme, mon attitude n'était pas d'un niveau exceptionnel, mais j'avais l'intention de découvrir en vitesse pourquoi il était au manoir, de résoudre son problème et de l'aiguiller presto vers la sortie.

La meilleure solution était d'aller consulter la carte. Pour sa date d'arrivée, pas de problème : la veille, dans l'après-midi. Il venait de Deauville, sans doute du côté de la promenade des Planches.

En me voyant entrer dans le bureau, le docteur Roy nota :

– Tu en fais, une tête ! On t'a vendu des haricots qui ne voulaient pas cuire ?

– Off..., fis-je. C'est le nouveau qui se la joue.

– « Qui se la joue » signifierait-il que tu le trouves prétentieux ?

– Je le trouve insupportable.

– À cause de Cléa ?

– Comment ça « À cause de Cléa » ? Il est insupportable tout court.

– Je veux dire, reprit le médecin-chef, que si Cléa n'était pas là, tu le tolérerais mieux. Non ?

Je haussai les épaules. Tolérer, peut-être. J'enchaînai :

– Vous savez quel est son problème ?

– Les morts arrivent ici sans étiquetage, et donc sans mode d'emploi. Tout ce que je sais, c'est qu'il a seize ans. Si tu découvres pourquoi il refuse sa mort, je le persuaderai vite qu'il n'a rien à faire ici.

Je grinçai :

– Vous pourrez lui raconter que dans l'au-delà, il y a des tas de filles canon.

– « Canon »... C'est-à-dire ?

– Ne vous en faites pas, il comprendra, lui.

Je passai dans la salle de la carte et me positionnai sur Deauville la veille.

Deauville en hiver, ce n'était pas la foule et, en balayant la plage du regard, je repérai vite une bande de gars qui faisaient les fanfarons et de filles qui se trémoussaient en riant. Vu l'ambiance, ils avaient déjà vidé un certain nombre de bières. Les garçons étaient en jean et sweat, ils avaient juste enlevé leurs blousons et se lançaient des défis qui consistaient à entrer dans la mer en courant et à avancer le plus loin possible avant que la résistance de l'eau ne les fasse s'affaler, dans des éventails d'éclaboussures.

J'attendis qu'ils arrêtent leur jeu débile. Mon Qui-se-la-joue sortit de la mer avec les autres, en jetant de l'eau aux filles. Bêtifiant. Enfin... c'était le genre de truc qu'on trouve nul quand on le voit faire par les autres, et super marrant quand on y participe.

Puis ils remontèrent vers la promenade et s'allongèrent sur les planches pour se sécher au soleil. Et ils s'endormirent. Pour s'effondrer ainsi sur le coup de midi, ils devaient finir ici une nuit bien arrosée.

Je fis rouler le temps un peu plus vite et enfin, sans que j'aie rien décelé de spécial, je vis arriver une ambulance. Je revins en arrière. La bande se relevait en secouant le sable de ses vêtements. Mais pas Qui-se-la-joue. On le poussait du pied, on se penchait sur lui...

Après cela, il y eut de l'agitation, et une fille téléphona de son portable.

C'est ensuite que se situait l'arrivée des ambulanciers. Ils écartaient la foule et se penchaient à leur tour, me masquant le malade. Ils devaient prendre le pouls, écouter le cœur... Je n'eus pas l'impression qu'ils essayaient de le réanimer. Il était sans doute déjà trop tard.

Incroyable. Crise cardiaque, comme André ? Parce que ses copains ne semblaient pas lui avoir fait quoi que ce soit.

– Alors ? me demanda le docteur Roy.

– Aucune idée. Il chahute avec les autres, il s'allonge sur les planches, et il est mort.

Tout en parlant, je suivais des yeux le transport du corps. Il était enfermé dans une housse qui ne laissait aucun doute sur son état. L'ambulance démarra et je l'accompagnai du regard jusqu'à l'hôpital, pas très éloigné. Là, elle disparut dans l'entrée des urgences.

Plus rien. D'ailleurs, à cette heure, notre champion n'était plus là-bas, mais ici, à frapper à la porte du manoir.

Je n'étais pas plus avancé. Je ne savais vraiment pas ce qui s'était passé.

À cet instant, des coups sourds résonnèrent. Je mis un moment à comprendre que c'était le heurtoir. Des coups d'une extrême autorité. Le médecin-chef se tendit. Il ne s'attendait visiblement pas à une autre arrivée. Deux en deux jours !

Il parut tout de suite très anxieux, comme s'il pressentait le danger rien qu'à la manière de cogner. Moi aussi, je le subodorais. On jeta un coup d'œil par la fenêtre. Le ciel était noir et la grêle martelait la cour.

– Tu n'as plus le temps de monter, me chuchota Roy. Reste caché ici.

Et, me laissant sur place, il referma la salle de la carte.

Je demeurai immobile, sans respirer pour mieux entendre. J'avais vu par la fenêtre le fourgon grillagé, celui qui amenait les fantômes gris.

# 38

Un long moment, je restai à tendre l'oreille. Des voix me parvenaient, mais je ne distinguais pas ce qu'elles disaient. Je revis en un éclair le monde glacé des fantômes d'en bas et frissonnai.

Tout en écoutant, je parcourais vaguement la carte des yeux. Je suivais les nuages, des bateaux sur la mer, un volcan en éruption... Ça, c'était magnifique. Les coulées rougeoyantes qui glissaient vers la mer... Heureusement, le volcan se trouvait sur une île déserte, on aurait même dit que la lave était en train de former cette île !

Je demeurai longtemps à l'étudier, d'autant plus passionné que je ne voulais pas penser à ce qui se passait dans le bureau d'à côté.

Puis je me décidai à poser l'oreille contre la porte. Je ne discernais toujours qu'un bougonnement sourd. J'aurais bien aimé savoir qui était le nouvel arrivant et ce qu'il avait sur la conscience pour que le diable lui ait pris son âme... Ou Dieu. Après tout, c'était Dieu qui était censé assurer le tri entre les bons et les mauvais, et il avait tout intérêt à retirer les âmes boueuses de la circulation.

Mais pourquoi distribuer au départ des âmes bonnes pour la casse ? Il y avait peut-être de la contrebande, un marché de l'occasion. Ou des faussaires qui vendaient de la contrefaçon.

Je me racontai n'importe quoi pour me décrisper.

Je n'entendais plus rien. L'entretien était-il fini ? Possible. Le nouveau était venu en fourgon grillagé, ce qui était assez clair pour que Roy l'envoie direct en enfer... Enfin, dans la cave. J'entrouvris la porte avec prudence...

Le bureau était vide.

Je préférai malgré tout attendre ici la cloche de fin d'alerte et revins à la carte.

Grave erreur, je n'avais pas refermé la porte.

Je retrouvai Deauville et l'allée de planches. Puis je me repositionnai sur l'heure de la sieste, ce qui me demanda un peu de doigté.

C'est là que je sentis un froid glacial dans mon dos. Suffoqué, je tournai la tête et je vis un fantôme aux yeux fous, tout vêtu de noir, gants compris, qui se précipitait sur moi. Je reculai vivement contre la carte...

Et je me retrouvai sur les planches de Deauville. Avec, dans les oreilles, le bruit assourdissant des battements de mon cœur.

Je mis un moment à me calmer. J'avais fait ce que je refusais à tout prix : entrer dans la carte. Mais cette fois, ça m'avait sans doute sauvé la vie.

Je restai immobile, regardant vers le haut avec la terrible appréhension que mon agresseur franchisse aussi l'écran.

Rien ne se passa. Le docteur Roy l'avait dit : les morts ne pouvaient pas se servir de la carte.

L'image du fantôme ne me quitta pourtant pas. Son regard, surtout, dans lequel j'avais senti un mélange de folie et de cruauté. Je revoyais son chapeau haut de forme, sa redingote et son gilet d'un noir brillant. Un costume XIX$^{e}$... Incompréhensible puisqu'il arrivait à l'instant.

Je commençais à respirer un peu mieux. Une veine, je n'avais pas atterri au milieu d'une bataille sanglante, mais dans le monde familier de mon époque. On avait quand même une sacrée chance : pas de guerre, pas de famine, des services d'éducation et de santé, des vacances... Même si tout n'était pas parfait, c'était un sacré progrès. Heureusement que cette mésaventure ne m'était pas arrivée pendant que j'observais un homme préhistorique coincé dans un fond de vallée par un troupeau d'aurochs. Ici, ni peaux de bêtes ni sagaie. Jean, tee-shirt, blouson, et l'arme la plus répandue : le téléphone portable.

Je n'en profitai pas. Trop d'angoisse. Comment le fantôme gris s'était-il retrouvé dans la salle de la carte ? J'avais très peur pour le manoir – en particulier pour Cléa, évidemment.

Et je ne pouvais pas rentrer tout de suite ! Le fantôme étudiait sans doute la carte pour comprendre comment j'y avais disparu.

J'examinai les environs. Immense plage de sable fin, grosses maisons cossues regardant la mer... Qui-se-la-joue habitait l'une d'elles.

Mais pour l'heure, il était allongé avec sa bande sur l'allée de planches. Je m'approchai. Les jeans étaient encore mouillés, personne ne bougeait.

... Qui-se-la-joue était rouge et congestionné, bouche béante comme pour chercher de l'air ! J'enjambai quelques corps en prenant soin de ne toucher personne. Il ne respirait déjà plus ! J'examinai vite les autres pour voir si quelqu'un avait ouvert un œil, inquiet de ce que je pouvais découvrir, mais non. Tout le monde dormait. On aurait vraiment dit qu'il ne s'était rien passé !

Ou alors c'était le crime parfait.

Je me penchai sur le mort. Sa main était crispée près de son visage, comme s'il avait tenté quelque chose avant de mourir. Son cou était boursouflé de chaque côté de son collier. Un collier en jean, beaucoup trop serré. Il s'était baigné avec, et le tissu s'était rétracté dans l'eau, l'étranglant !

Pouvait-on imaginer mourir aussi bêtement ? Je comprenais son refus de reconnaître que tout était fini.

Ébranlé, je reculai. Bien que je ne porte pas Qui-se-la-joue dans mon cœur, comment admettre qu'on puisse mourir sans avoir eu le temps de vivre ? J'avais envie de pleurer. Pas sur lui, évidemment, mais sur la bêtise de la mort, sur le fait que Cléa soit un fantôme...

J'avais tellement imaginé mon retour à la maison avec elle, je la présentais à mes parents...

Je m'angoissai de nouveau pour elle et, sans réfléchir, je levai la main vers le ciel.

Je me retrouvai dans la salle de la carte, hyper tendu, prêt à repartir par le même chemin en cas de besoin.

Le fantôme gris n'était plus là. Et personne dans le bureau. Sur la pointe des pieds, je traversai la pièce et gagnai le couloir.

Désert. Je le longeai, dos collé au mur... Enfin, j'aperçus le médecin-chef et Raoul en bas de l'escalier, penchés sur Qui-se-la-joue allongé à leurs pieds.

Ils se raidirent en m'apercevant, et le docteur Roy chuchota avec véhémence :

– Mets-toi à l'abri ! Nous ne savons pas où il est !

Je jetai un regard circulaire, puis je désignai Qui-se-la-joue :

– Qu'est-ce qui s'est passé ?

– Nous ignorons aussi pourquoi il se trouvait là. Cache-toi !

Je restai immobile, toujours collé au mur. Qui-se-la-joue ne bougeait pas, il semblait devenir gris... Oui, même ses vêtements perdaient leur couleur. Son corps tombait en poussière !

Et plus rien.

Suffoqué, je répétai dans un chuchotement :

– Qu'est-ce... qui s'est passé ?

Mais la question était plus pour moi que pour eux. Et ma réponse fut : « Qui-se-la-joue s'est fait voler son âme par le fantôme gris. »

Je m'approchai encore un peu :

– Qui est ce fantôme ?

– Je n'ai pas la réponse, avoua le docteur, je n'ai rien pu lui arracher.

– Pourquoi est-il en costume XIX^e ?

– Je t'expliquerai. File dans le bureau, c'est dangereux ! Surtout que Léonidas n'est plus là.

Oui... Ça, c'était ma faute. (Je n'arrivais plus à dire « grâce à moi ».) Raoul ajouta :

– Et contrôlez vos réflexes, monsieur. Gardez la bouche fermée.

– Quoi ?

– La force des fantômes gris est qu'ils savent profiter de notre réflexe d'ouvrir la bouche sous le coup de la surprise. C'est ainsi qu'ils arrivent à prendre des âmes.

Je serrai aussitôt les lèvres. C'était en effet exactement comme ça que j'avais réagi dans la cave !

En tout cas, Qui-se-la-joue était mort deux fois, et aussi bêtement chaque fois.

Je reculai avec lenteur, l'oreille aux aguets. On percevait des coups et des glissements inquiétants dans les étages. Pourvu que tout le monde soit bien à l'abri dans la pièce sécurisée !

Et, subitement, je fus frappé par une idée. Je chuchotai :

– Je reviens.

Et je filai vers la salle de la carte.

# 39

En retournant à la carte, j'avais une vraie grosse trouille. Parce que je savais déjà quelle situation j'allais trouver là où je voulais me rendre.

Je me positionnai au bon endroit et fis défiler le temps en vitesse sur la bande, repérant le bon moment, ce jour de septembre – 480, au lever du soleil. Voilà... Dans le défilé des Thermopyles, il n'y avait plus que les Spartiates de Léonidas restés en défense. Ils étaient pris en tenaille entre les Perses qui progressaient dans le défilé et ceux qui dévalaient la pente. Un fourmillement de casques, de cimiers rouges, d'épées, de boucliers ronds et longs, de lances, de flèches qui volaient, d'hommes qui tombaient. Une affreuse mêlée, une pagaille innommable.

Sachant qu'ils allaient mourir, les Grecs se battaient avec fureur pour tuer le plus d'ennemis possible avant de tomber. Même avec leur lance brisée, même blessés, ils continuaient à batailler. Et ceux qui n'avaient plus d'arme luttaient à mains nues, voire avec leurs dents.

J'essayai de m'abstraire de ce sordide spectacle pour surveiller Léonidas. Léon, en grec, signifie lion, et il combattait comme un lion. J'étais fier de lui, même si je n'y étais pour rien et que j'étais opposé à la guerre. J'avais d'autant plus de difficulté à regarder que je savais que les choses allaient mal finir. Et, pire, c'est ce que j'attendais.

Je me tendis. Léonidas s'effondrait, mortellement blessé ! Vite ! Je devais faire ce que j'avais décidé, sans réfléchir. Je posai le doigt sur la carte à l'endroit d'un monticule pour l'instant désert, mais où je savais que se terminerait la bataille... et j'entrai dans l'action.

Les cris, le bruit des armes me provoquèrent un stress affreux. Plié en deux, je m'élançai malgré tout vers le groupe de Spartiates qui défendaient avec rage leur roi mourant. Ils étaient beaucoup trop occupés à se battre pour regarder à leurs pieds, et j'avais un atout : ma minceur – le seul, mais j'en fis bon usage, en rampant entre les combattants. Je parvins ainsi jusqu'à Léonidas. Il avait le bras crispé sur son bouclier, son autre main avait lâché l'épée, et ses yeux étaient en train de s'éteindre. Je me penchai sur lui :

– Léonidas ! J'ai besoin de vous !

Son regard vacilla, sans que je sache s'il me reconnaissait – et même s'il était possible qu'il me reconnaisse, vu que notre première rencontre n'aurait lieu que dans deux mille cinq cents ans. Comme il fermait les yeux, j'attrapai son épée, le pris par son ceinturon et levai ma main libre vers le ciel.

On se retrouva tous deux dans la salle de la carte, affalés sur le carrelage. Mon cœur cognait comme un sourd. Mon plan avait marché ! Léonidas était là ! Interloqué, il eut un regard pour son corps. Toute trace de blessure avait disparu.

J'expliquai précipitamment :

– Un fantôme gris s'est échappé !

Et ce fut comme s'il n'était jamais parti. Il sauta sur ses pieds, m'arracha son épée des mains et, bouclier en avant, fonça vers le hall.

Moi, je mis un moment à me remettre. Quand je débouchai enfin dans le hall, il n'y était plus. Il n'y avait que Raoul et le médecin-chef, dans la position où je les avais quittés, comme si mon absence n'avait duré qu'une seconde.

– Comment as-tu fait ? demanda Roy, ébahi.

– Pour Léonidas ? Je suis allé le chercher aux Thermopyles.

Je fus ravi de leur air stupéfait.

Raoul m'indiqua l'escalier :

– Il est parti à la chasse.

– Et il avait l'air si belliqueux, ajouta Roy, que je ne doute pas de sa victoire contre cet esprit mauvais.

La fureur du roi de Sparte ne m'étonnait pas, il fallait voir d'où il sortait... Je m'exclamai à voix basse :

– J'espère qu'il va le chasser du manoir, qu'on en soit débarrassés.

Roy secoua la tête.

– Nous en sommes hélas responsables, Liam. Dans le monde du dehors, il peut faire beaucoup de dégâts.

On sursauta en entendant la voix de stentor de Léonidas dans les étages. Il était habitué à haranguer une armée, et ça se sentait. Un rugissement à faire fuir l'ennemi. Il me flanqua la frousse alors que je ne craignais rien de lui, j'imaginais donc l'effet sur le fuyard qu'il poursuivait.

On écoutait, essayant de deviner où il en était. J'essayai de garder confiance, j'avais vu le roi de Sparte faire face à d'autres dangers...

Pendant un temps infini, on se tint aux aguets, et enfin on entendit :

– Dégagez devant !

Raoul glissa alors la clé dans la serrure de la cave, mais en se gardant bien de la tourner. Puis Roy souffla :

– Dépêchons !

Et on fila se mettre à l'abri dans la salle de la carte.

La porte refermée, on ne perçut plus rien. J'en profitai pour chuchoter :

– Est-ce que Léonidas va récupérer l'âme du nouveau ?

Je ne pouvais plus l'appeler Qui-se-la-joue, maintenant qu'il avait vraiment tout perdu ; il bénéficiait du respect dû aux morts.

Roy secoua la tête :

– Hélas, je ne vois pas comment, et il est d'autant plus important de boucler cet énergumène.

– Mais qui est-il, avec son costume XIX^e ? Il ne vient quand même pas du passé... Ce serait possible, ça ?

– Le fourgon, monsieur, répondit Raoul. Son chauffeur arrive parfois à récupérer des fantômes anciens.

– Les récupérer ? Où ?

– Nous l'ignorons, monsieur.

– En entrant dans le passé par la carte ?

– Certes non, monsieur. Vous êtes le seul à le faire.

– Mais vous, vous pourriez...

– Je crains de n'être pas assez courageux, hélas.

Il jeta un regard anxieux vers la carte, et le docteur Roy hocha la tête d'un air préoccupé :

– Tu as vraiment pris des risques en allant là-bas. D'autant que tu pénétrais dans la carte pour la deuxième fois aujourd'hui !

– Et... ça pose un problème ?

Raoul répondit :

– Il semble que cette carte ne soit pas très fiable, monsieur. Il vaut mieux ne pas s'en servir trop souvent.

Et c'est maintenant qu'il me le disait !

Roy mit vite son doigt sur sa bouche pour demander le silence. Il y avait du bruit à côté.

# 40

Des coups sur la porte !

– C'est moi ! Je l'ai enfermé, vous êtes en sécurité. (Léonidas entra en rengainant son épée.) Le problème, c'est qu'on a maintenant en bas un fantôme avec une âme. Avec quelles conséquences ? Le savez-vous ?

– Le cas ne s'est pas produit depuis que je suis au manoir, répondit Roy.

Raoul ajouta :

– Le cas ne s'est JAMAIS produit, monsieur.

Ça m'alarma :

– Est-ce qu'un fantôme qui a une âme serait capable, comme nous, d'ouvrir une porte ?

– Il faudrait qu'il en ait la clé, assura Raoul, et il ne l'a pas.

– Et s'il crochetait la serrure ?

– Impossible, monsieur. Il n'a aucun pouvoir sur la porte d'un manoir qui ne lui appartient pas.

– Ah... Et à qui appartient-il, en fait ? À l'État ?

– À moi, monsieur. Et personne n'a le droit d'y toucher.

Sidérant. Je croyais qu'il n'en était que l'administrateur ! En tout cas ça expliquait la ringardise des décors.

– Attendez... quelque chose ne colle pas. Les fantômes gris ont du pouvoir sur les choses ! J'ai vu Gilles de Rais attiser le feu d'un four d'alchimiste !

– Ils ont du pouvoir sur ce qu'ils génèrent eux-mêmes, répondit Roy, comme nous tous ici.

J'en fus sidéré :

– Comme... le décor du parc ?

– Je laisse une certaine liberté de création aux pensionnaires, nota Raoul. Dans un cadre précis, bien sûr. Il me paraît bon qu'ils trouvent à s'occuper, à se rassurer... Cela évite le désespoir et ses dangers.

Commençant à comprendre, je soufflai :

– L'alambic... Le piano... La machine à coudre...

Raoul se redressa :

– Maintenant, pardonnez-moi, je dois sonner la fin d'alerte.

Roy sortit avec lui pour vérifier la porte des fantômes, et je restai seul avec Léonidas.

– J'espère que vous n'allez pas repartir, m'inquiétai-je.

– Oh non ! Dans l'au-delà, personne ne risque rien, et un guerrier comme moi n'y est d'aucune utilité. Ici, en revanche...

– On a grand besoin de vous.

Il m'adressa un sourire de connivence et ajouta à voix basse :

– Et figure-toi que, là-haut, les héros qui ont sacrifié leur vie pour leur cité ne bénéficient d'aucune considération particulière.

Ça, je n'en étais pas très étonné. Il précisa :

– Ceux des pays du Nord en étaient encore plus dépités. On leur avait dit que, s'ils mouraient sur le champ de bataille, ils festoieraient à tout jamais au Walhalla au côté de leur dieu Odin. Ils n'ont pas vu Odin, et le mot « festoyer » perd de son sens quand on ne ressent plus la faim...

Je lui adressai un clin d'œil amical :

– Voyez, Léo. Se battre ne constitue pas le moteur de la vie. Surtout que les guerres font des milliers de morts sans jamais rien résoudre. La preuve : elles se succèdent depuis la nuit des temps, et avez-vous vu le moindre avantage pour les hommes ?

Il eut une petite crispation dans la joue, puis dit d'un ton amusé :

– Tu m'appelles Léo, maintenant ?

– Vous êtes un ami, lui répondis-je.

Il sourit :

– Content de te retrouver, Liam. Mais j'adhérerai à ton point de vue quand tu me prouveras que les chefs de tous les pays sont prêts à jeter leurs armes.

Nos débats reprenaient, et ça me fit plaisir.

En entendant du brouhaha à l'étage, on passa dans le hall. Cléa se précipita vers moi :

– Où étais-tu ?

Oubliant l'interdiction, elle me tendait les bras. Je ne pus m'empêcher de faire de même. Le docteur Roy s'interposa :

– Prudence !

Heureusement qu'il était là. Il n'empêche que Cléa s'était élancée vers moi. J'en avais le cœur en ébullition.

Je lui expliquai que j'avais dû rester dans le bureau, et elle me chuchota :

– Le nouveau non plus n'était pas dans la salle blindée. Et on ne l'a vu nulle part. On dirait qu'il a disparu.

Oui. Disparu disparu. J'aurais bien aimé savoir pourquoi les fantômes gris, qui n'avaient pas d'âme, continuaient d'exister, alors que ceux qui en avaient une partaient en poussière si on la leur prenait.

Cléa ajouta :

– Tu crois qu'il était déjà guéri ?

Eh bien... pas vraiment, cependant je ne pouvais pas le lui dire. Je préférai lui retourner une question :

– Pourquoi n'était-il pas dans la pièce blindée ?

– Raoul a essayé de l'y envoyer, mais il faut voir comment il lui a répondu. *Que personne ne lui disait ce qu'il avait à faire. Qu'il n'allait pas se laisser commander par un clown de son espèce et qu'il allait tout de suite régler ça avec cet enfoiré de directeur à la con.* Je cite, hein ! Tu sais où il est ?

Je fis signe que non.

– Tu crois qu'il a été renvoyé ?

Je ne sus que répondre.

– Ou alors... (Elle ouvrit de grands yeux.) Il est mort... c'est ça hein ? Ce fou l'a tué ?

Je secouai la tête et me décidai à admettre :

– Il n'aurait jamais dû descendre...

Cléa se figea, puis se plaqua au mur derrière elle. Elle serrait les lèvres pour les empêcher de trembler. Quelque chose semblait monter en elle, quelque chose de terrifiant. Tentant de garder mon calme, j'articulai :

– Cléa... Calme-toi, c'est fini. Tout va bien, Cléa... Cléa...

Est-ce qu'elle m'entendait ? Le son devait parvenir à ses oreilles, mais peut-être pas à son cerveau. Malgré tout, je poursuivais :

– Tu n'as rien à craindre, je suis là...

Elle paraissait si fragile dans ses vêtements trop grands. Tout en parlant, je posai les mains sur le mur de chaque côté de sa tête. Où qu'elle regarde, elle ne verrait plus que moi, je lui faisais un rempart contre les cauchemars.

– Tout va bien...

Et, tandis que la conscience revenait peu à peu dans ses yeux et que ses tremblements s'apaisaient, je réalisai avec un certain accablement que je ne pourrais pas éviter de mener l'enquête sur ce qui lui était arrivé. L'amener vers la vérité – même si celle-ci se révélait difficile à supporter – était indispensable pour chasser ses angoisses.

Et même si, ensuite, elle choisissait de s'en aller. Je l'aimais assez pour la laisser partir.

# 41

L'aventure servit de leçon à tous, et Fanny décida qu'elle se rendrait dorénavant dans l'abri à chaque alerte. Surtout qu'elle y retrouvait Christophe.

Cléa avait récupéré un peu de sérénité, même si je remarquais parfois chez elle des frissons incontrôlables. Consciente qu'ils m'inquiétaient, elle tentait de les contenir ou, quand ils lui échappaient, prétendait qu'elle avait senti un courant d'air.

Le courant d'air glacé de ses terreurs.

En tout cas, le retour de Léonidas lui faisait beaucoup de bien. Elle s'inquiéta juste qu'il ait eu « une rechute », et je la rassurai en prétendant qu'il avait demandé à revenir au manoir pour s'occuper de nous – ce qui n'était ni tout à fait vrai, ni tout à fait faux.

Mais maintenant, je ne pouvais plus reculer : lui faire retrouver des souvenirs constituait le seul moyen de l'aider – et, pour moi, de comprendre ce qui s'était passé.

Jusqu'à présent, je m'étais arrangé avec Léo pour éviter les entraînements à l'extérieur afin qu'elle ne découvre pas la disparition évidente du pic d'André. Bien que le Spartiate soit plutôt partisan de la manière forte (le rôle du psy était encore pour lui une sorte de « farce des sociétés décadentes »), il respectait les préceptes du docteur Roy : laisser le malade parvenir de lui-même à la vérité. On s'en tint donc pendant deux jours à un stage intensif de pyrrhique. Et quand Cléa réclama de courir, j'étais prêt.

– Liam... Le pic enneigé...

Léonidas me fit signe de me débrouiller et partit en petites foulées, tout armé – casque, javelot et bouclier – vers la sombre forêt. Il allait vérifier le système de clôture (dont j'ignorais tout).

Je répondis comme sous le sceau du secret :

– Ce parc est très étrange. Il semble que l'atmosphère concentre les pixels et permette aux malades de projeter leurs images mentales.

– Tu veux dire... que le parc est le produit de notre imagination ?

– Sans doute pas complètement, il doit y avoir un décor d'origine. Mais des images peuvent apparaître et disparaître. Le pic, par exemple, appartenait à André, et André est parti.

Elle me regarda, suffoquée. Puis elle tendit le doigt :

– La façade de magasin a disparu aussi. Il y a une église à la place !

Alors ça, c'était inexplicable ! Je m'étonnai :

– Pourtant Fanny n'est pas partie.

– Non, dit Cléa en réfléchissant, elle a juste changé de rêve...

– Quoi ? Fanny rêve de l'église où elle allait à la messe ?

Cléa rit, et ça me fit plaisir. J'aimais bien quand elle riait, même pour se moquer de moi :

– Que tu es bête, Liam ! Elle rêve de se marier avec Christophe !

Je ris aussi. Il faudrait quand même qu'un jour Christophe l'amène à découvrir sa véritable condition. Parce que moi, je ne m'en mêlerais pas.

Observant les environs, je remarquai que les Thermopyles n'avaient pas reparu, ce qui était le signe que Léonidas avait définitivement réglé son problème avec cette bataille.

– Liam, souffla soudain Cléa. La cheminée... Elle s'est effacée parce que j'ai guéri !

– Tu te sens guérie ?

Hélas, elle secoua la tête :

– Pas tout à fait. Je le serai quand je ne ferai plus de cauchemars, que je n'aurai plus de bouffées de terreur.

Elle parut étouffer, comme si les mots provoquaient l'effet. Résistant au désir stupide de la serrer dans mes bras, je m'exclamai :

– Lutte, Cléa ! Parle, parle pour empêcher la crise de venir. Par exemple... quand tu étais petite, avec ton père...

La gorge encore nouée, elle enchaîna :

– Quand j'étais petite, avec mon père... on jouait à la marelle... sur le carrelage de la cuisine. Chaque fois qu'on arrivait sur le carreau qui avait trois points gris dans un coin, on avait droit à un vœu. Ou alors on devait inventer une histoire.

Je ramassai un caillou pointu et dessinai par terre la forme d'un carré, que je perçai de trois points dans un angle.

– Saute, dis-je. Et raconte-moi ton histoire.

Elle me lança un regard interloqué, puis sauta et s'assit. Je dessinai vite un autre carré en face et m'assis aussi. Un simple trait dans la poussière pouvait vous isoler du reste du monde. Et je demandai :

– Quel jour as-tu été enlevée ?

– Je ne me rappelle pas. Je rentrais du collège. Une voiture... grise, je crois.

– Tu as vu ton agresseur ?

– Non, il était... cagoulé.

Elle se tut, le regard fixe, ou plutôt dirigé vers l'intérieur. Puis elle eut un frisson et murmura :

– Sa voix...

– Qu'est-ce qu'elle avait ?

– J'ai l'impression... que je la connaissais.

J'en fus alarmé. Si elle avait été enlevée par un proche, il serait encore plus insupportable pour elle d'apprendre qu'il l'avait tuée.

– La voix de qui ?

– Je... ne sais... pas.

Je lus l'effroi sur son visage et, coupant court à ma tentative, je proposai :

– On se refait un tour de piste ?

Elle secoua la tête, puis sa respiration se fit plus régulière et ses épaules se détendirent :

– Je me sens bien au manoir. J'aurai mal au cœur le jour où je le quitterai.

Ça, ce n'était pas d'actualité. Je répondis :

– J'aurais mal au cœur que tu t'en ailles aussi.

Elle me sourit, et j'eus envie de l'embrasser.

– Pourtant, reprit-elle, je ne peux pas rester trop longtemps. Mon père est très gravement malade, je dois retourner auprès de lui.

Hélas, le jour où son père mourrait, elle ne serait pas à son côté. Mais il partirait d'autant plus sereinement qu'il ne la laisserait pas derrière lui. Toutes choses que je ne pouvais pas lui dire.

Maintenant, il fallait avancer dans mon enquête, voir ce que je pouvais faire malgré le peu qu'elle m'avait donné.

Dans l'après-midi, je me rendis à la carte. Bien sûr, pas pour y entrer. Je me positionnai au hasard sur le 10 octobre, car Cléa était arrivée au manoir plusieurs jours avant la fameuse cérémonie des cierges du 2 novembre.

Brest. Je filai tout au bout du continent, tout au bout de la France, tout au bout de la Bretagne. Finistère, la fin de la terre.

Je contemplai un instant les nuages qui passaient, les avions qui se croisaient, puis je m'avançai un peu pour laisser derrière moi les perturbations.

Aucune révélation. Mon regard ne fut attiré par rien de particulier. Une ville, des rues, des passants...

C'est alors que j'aperçus un panonceau sur un trottoir, devant un bureau de tabac. Voilà un moyen de me renseigner : les gros titres des journaux ! Ce panneau affichait ceux du quotidien *Le Télégramme*.

Il ne parlait pas de Cléa.

Excité par mon idée, j'avançai dans le temps sans quitter les gros titres des yeux.

Ah ! 17 octobre : « Une jeune fille disparaît à la sortie du collège. » (Pas de nom, ni de la victime, ni du collège.)

18 octobre : « La jeune fille disparue le 15 octobre à Brest introuvable. Le père déclare qu'il ne croit pas à une fugue. »

19 octobre : « La jeune fille disparue. La police n'exclut aucune piste, même la fugue. »

Quelle perte de temps !

21 octobre : « Cléa toujours introuvable. » (Apparition du prénom.)

23 octobre : « Affaire Cléa : une demande de rançon serait parvenue au père. »

25 octobre : « Affaire Cléa : malgré les conseils de la police, le père de Cléa a décidé de payer la rançon. Il supplie les ravisseurs de ne pas faire de mal à sa fille. »

Ça me dévasta. Le 25 octobre, le ravisseur l'avait sans doute déjà tuée, parce qu'à mon avis, elle était arrivée au manoir avant.

Les jours suivants, rien de nouveau. « La police très inquiète. » J'imaginai l'angoisse de son père.

Le 28 octobre : « La rançon a été déposée, mais les ravisseurs ne sont pas venus la chercher. »

Ah bon ? Pourquoi commettre de telles horreurs dans le but de se procurer de l'argent… et ne pas le prendre ?

J'étudiai si, les jours suivants, un nouveau rendez-vous avait été pris pour la rançon. Rien. Les titres diminuaient de taille, loin derrière les tempêtes et la crise financière.

On ne reparlait de l'affaire que le 15 novembre : « Toute la ville sous le choc. Le corps de la jeune Cléa retrouvé. »

Ce fut pour moi aussi un choc, même si, évidemment, je connaissais d'avance la fin de l'histoire. Oppressé, je parcourus du regard les terrasses des cafés. Bien qu'on soit en novembre, il faisait beau et les gens étaient assis dehors. Je repérai un client qui lisait *Le Télégramme*...

« On a retrouvé le corps de la jeune Cléa dans la cave d'une maison abandonnée. Malgré une fouille minutieuse, la police n'a découvert aucun indice qui la mettrait sur une piste. Le ou les ravisseurs portaient sans doute en permanence une combinaison intégrale et des gants. »

Une vieille dame, plus loin, lisait un autre journal, *Ouest-France*. Là, il y avait une photo de la maison ! Elle surplombait l'à-pic d'une petite vallée dans laquelle s'étiraient... les ruines d'une usine. Seul le haut de la cheminée dépassait et était visible de la maison !

# 42

Je cherchai comment présenter à Cléa ce que j'avais découvert, et il me sembla qu'un petit mensonge était encore la meilleure solution. Je restai un moment dans la salle de la carte, à réfléchir. Il était troublant que le ravisseur ne soit pas venu chercher la rançon...

Quand je pensai m'être « absenté » assez longtemps, j'allai frapper chez Cléa et lui racontai que j'avais eu une autorisation du docteur Roy pour sortir, et que j'en avais profité pour me connecter à internet et jeter un coup d'œil sur son affaire.

Elle se raidit. J'ajoutai vite :

– J'ai compris pour la cheminée.

Et je lui détaillai l'endroit, avec l'usine en contrebas, ce qui expliquait qu'elle ne voie que le haut du cylindre de brique.

Elle s'inquiéta :

– Quand on m'a trouvée, j'étais évanouie ?

J'y allai en douceur :

– Tu étais dans un tel état de choc qu'on a préféré te transférer directement en maison de repos.

– C'est vrai, j'étais complètement angoissée. On a retrouvé le ravisseur ?

– Pas encore. Il a demandé une rançon, mais n'est pas venu la chercher.

– Tant mieux. (Elle releva les yeux.) On sait pourquoi ?

– Non.

Elle avait de nouveau du mal à respirer. J'aurais voulu déposer un baiser sur sa petite cicatrice, juste un petit baiser, comme à un enfant, pour lui dire de ne pas avoir peur, que j'étais là... Toute cette chaleur que je voulais lui transmettre, je dus la mettre dans l'intonation :

– Tu détiens peut-être la réponse. Pense à la voix. Qu'est-ce qu'elle te rappelle ?

Elle répondit dans un souffle :

– Je n'arrive pas à mettre de visage dessus. Elle m'angoisse...

– Respire, Cléa, respire. Empêche la terreur de monter. Réfléchis. Pourquoi n'est-il pas venu chercher la rançon ?

– De peur d'être reconnu ?

– Ou pour ne pas se faire prendre.

Elle réagit :

– Mais il m'a enlevée pour ça, non ? Pour du fric !

– C'est ce qu'on suppose. Seulement il a laissé tomber la rançon.

– Tu veux dire... qu'il pourrait avoir une autre raison ? (Elle semblait effrayée, et sa cicatrice rosit un peu.) Quelle raison ?

J'y avais évidemment pensé pendant *ma sortie en ville*.

– Peut-être pour faire pression sur ton père. Un chantage. Imaginons que l'important n'ait pas été la rançon mais autre chose, que ton père ne pouvait pas révéler à la police.

– Mon père est quelqu'un de bien, il n'a rien à cacher !

– Il y a sans doute des cas où l'on peut faire chanter une personne sans qu'elle ait rien fait de mal. Tu sais d'où vient son argent ? Une entreprise dont on voudrait le déposséder ?

– Non, il est architecte. Sa richesse est dans sa tête.

Pas seulement car la rançon qu'on lui demandait était élevée, et il était apparemment en mesure de la payer. Quelle magouille y avait-il là-dessous ?

Cléa ajouta :

– Si le ravisseur me connaissait, il a peut-être été pris de scrupule. Il a renoncé à la rançon et il m'a libérée. Ou il a indiqué à la police où je me trouvais. Tu sais comment ça s'est passé ?

Je secouai la tête. Pauvre Cléa, quand elle saurait la vérité... Elle avait cependant peut-être raison sur un point : son ravisseur avait pu la tuer accidentellement et, rongé par le remords, renoncer à la rançon.

Elle reprit :

– Il faut que je parle à mon père. Je dois le voir !

– C'est impossible, tu le sais bien. Ce satané règlement... Aucun contact avec l'extérieur tant qu'on n'est pas guéri.

Cléa resta un moment figée et, finalement, elle dit :

– J'aimerais tellement me souvenir !

– À mon avis, tu as tout oublié parce que tu as été droguée.

Elle soupira :

– En tout cas, que mon ravisseur ait renoncé à la rançon et m'ait libérée me soulage.

Moi, j'en étais malade.

Au soir, j'entendis courir sur le piano quelques notes qui se cherchaient. Chacune me serrait le cœur, j'y percevais tout un univers de souffrance qui n'arrivait pas à s'exprimer.

J'écrasai rageusement mes larmes.

Il fallait que je tente d'obtenir des informations qui rendraient la vérité supportable. Comment connaître le déroulement de l'enquête ?

Et si j'allais réellement consulter les journaux sur internet ?

Pour la première fois depuis longtemps, je me redemandai où nous nous trouvions. Plutôt dans une petite ville, parce que le manoir était entouré d'un parc gigantesque et que, dans une grande, il aurait fallu être le roi du pétrole pour se l'offrir. Il y avait sûrement un cybercafé dans le coin, ou une médiathèque avec accès gratuit à internet – ce qui m'aurait arrangé, vu que je n'avais pas d'argent.

Le jour n'était pas levé que j'étais habillé, coiffé, propre et net. J'allais visiter la ville au calme pour repérer une bibliothèque. Je descendis en silence.

Il y avait longtemps que je n'étais pas sorti, mais je retrouvai le chemin sans hésiter. Portail ouvert.

Et le taxi était là, garé le long du trottoir, devant des immeubles. Le chauffeur me salua de la main, comme s'il m'attendait.

Je m'étonnai :

– Vous êtes déjà en service ?

Il me répondit quelque chose de très bizarre :

– Quand quelqu'un se peigne d'aussi bonne heure, c'est qu'il veut sortir. Tu veux que je t'emmène quelque part ?

Un peu déconcerté, je répondis :

– Eh bien... Pourquoi pas ? Je cherche une médiathèque. Vous en connaissez une ?

– Je passe mon temps à circuler, jeune homme...

Je m'assis sur les coussins moelleux et, prenant un ton détendu, remarquai :

– Oui, il y en a forcément une en ville. Comment s'appelle cette ville, déjà ?

Il répondit avec un sourire :

– Dors, mon garçon.

Et il ferma la vitre entre nous.

Comme la première fois, je me réveillai sans m'être aperçu que je m'étais endormi. Il y avait sans doute dans cette voiture un produit soporifique pour empêcher qu'on repère la route et puisse divulguer l'adresse du manoir. Une manie du secret un peu agaçante. Mais efficace. En rentrant chez moi, je serais bien incapable de dire où il se trouvait. Normal, un manoir hanté...

Le mot « hanté » me parut d'ailleurs inadapté, je ne lui voyais plus le même sens. Le manoir était plutôt une « résidence pour personnes en transit vers l'autre monde. » Une vérité me frappa alors : mes parents n'en connaissaient pas l'adresse, ils n'y étaient jamais venus. Et pour qu'ils me laissent partir dans ces conditions, il fallait qu'ils aient de solides raisons et une confiance absolue en Raoul. D'ordinaire, ils étaient plutôt du genre « sois prudent », « ne monte pas en voiture avec quelqu'un que tu ne connais pas », « ne t'arrête pas chez un copain sans prévenir ».

J'eus une petite bouffée de nostalgie. Ils me manquaient toujours.

À la lueur des réverbères, difficile de se faire une idée de la ville. Celle où se trouvait le manoir ? Une autre ? On longea de grandes artères, puis on pénétra dans des rues plus étroites et on s'arrêta au fond d'un parking.

À cette heure, la médiathèque était encore fermée. On attendit. Le chauffeur avait tout son temps, et m'entretint de modèles de voitures, de progrès de la technique et des équipements. Il était capable de reconnaître, à n'importe quel bruit de moteur, de quelle voiture il s'agissait, et même l'année de construction. La moitié des termes qu'il utilisait me passaient au-dessus de la tête.

Enfin on vit arriver une bibliothécaire, et le chauffeur me dit :

– Attends qu'il n'y ait personne en vue pour descendre.

C'était pour ça qu'on était garés dans un coin discret ? Surpris, je lui demandai :

– Vous êtes taxi clandestin ?

Il m'adressa un clin d'œil complice. Je m'inquiétai :

– Vous m'attendez, hein ?

C'est que j'aurais été bien incapable de rentrer seul au manoir. Et comme je n'étais pas venu par la carte, lever le bras ne marcherait peut-être pas.

– Je ne bouge pas d'ici, me confirma le chauffeur.

J'ouvris la portière avec, malgré tout, une certaine méfiance.

On n'avait droit qu'à une demi-heure d'internet gratuit, aussi je naviguai le plus vite possible. En tapant « Enlèvement Cléa », je trouvai des tonnes d'articles. J'ajoutai : « Autopsie » (un mot qui me faisait mal) et, là, je découvris que Cléa n'avait pas subi de violence physique, à part un léger hématome sur la joue (une gifle ?). J'en fus soulagé. Une gifle signifiait qu'elle ne s'était pas laissé faire. L'analyse du contenu de son estomac avait révélé du poison, on ne précisait pas lequel. Cette confirmation ne m'étonna pas, mais me mit en colère. Quelqu'un s'était bel et bien arrogé un pouvoir de vie et de mort sur MA Cléa !

Je m'obligeai à me calmer. Je n'avais pas de temps à perdre. Je cherchai « suspects » et découvris qu'on en avait interrogé plusieurs (sans précision). Tous avaient des alibis. Enquête au point mort. Rageant.

Je voulus profiter de mes dernières minutes pour lire mon courrier. Et là, une nouvelle bouffée de fureur m'envahit : mon compte et mon mot de passe ne fonctionnaient pas ! « *Message d'erreur* », « *Message d'erreur* », « *Message d'erreur* ». « *Ce compte n'existe pas. L'intitulé ou le mot de passe comporte une erreur.* »

Je frappai sur le clavier avec rage sans arriver à rien, et la bibliothécaire finit par me lancer un regard désapprobateur :

– La ligne ne fonctionne pas ?

– Si si. C'est juste un problème d'adresse.

Je n'avais même pas pu lire les mails des copains qui devaient s'entasser dans ma boîte, et ma demi-heure était finie ! Je sortis de là exaspéré.

# 43

Bonne nouvelle : le taxi n'avait pas filé. Je vérifiai que personne ne pouvait me voir et m'y engouffrai.

J'avais la ferme intention de ne pas dormir mais, comme d'habitude, ça ne servit à rien. Je me réveillai en arrivant dans la rue du manoir. Je demandai au chauffeur de ne pas aller jusqu'au bout, en prétextant que j'avais envie de marcher. En réalité, je ne tenais pas à ce qu'il entre dans la cour et qu'on s'aperçoive, en me voyant rentrer, que j'étais sorti.

Il se gara sous un porche d'immeuble et me demanda de nouveau de descendre avec discrétion.

Le manoir, qui fermait la rue, était le seul témoin du passé dans un quartier neuf et peu poétique :

des immeubles et des immeubles, avec des rosiers le long des murs et des parkings délimités par de petites haies. Avant de rentrer, j'eus envie de poser quelques questions sur le manoir. J'allais m'adresser à une mamie qui partait faire ses courses en traînant son caddie, quand j'aperçus sur le trottoir d'en face un peintre devant son chevalet. Je décidai de m'adresser plutôt à lui et traversai la rue.

Le pinceau à la main, engoncé dans un gros blouson de cuir au col relevé, il regardait vers le manoir. Je jetai un coup d'œil sur son tableau.

Contrairement à ce que j'avais cru, il ne représentait pas le parc et son mur, mais des immeubles en verre dans lesquels se reflétait le soleil levant. Je fus saisi par la crainte qu'il y ait un projet immobilier en cours sur les terres du manoir. Espérant me tromper, je demandai :

– Vous peignez des œuvres d'imagination ?

– Eh ! T'es pas qu'un peu vexant, toi !

– Est-ce que votre tableau représente un projet d'aménagement du quartier ?

Le peintre fronça les sourcils, puis choisit de rire :

– Je ne sais pas ce que tu as dans les yeux, je peins d'après nature. Mais au lever du soleil, les immeubles s'embrasaient avec une certaine poésie... Tu n'étais pas là d'assez bonne heure, c'est tout.

Je restai figé. Dans la direction de son regard, il n'y avait que le portail et la longue allée d'arbres. Je murmurai : « Bon, ben salut » et, un peu assommé, je me dirigeai vers l'entrée.

Le portail était pourtant bien réel ! Côté rue, il se présentait comme une haute grille verte. Et l'allée gravillonnée crissait sous les pas !

Puis un doute me saisit. Le portail, l'allée, le manoir étaient-ils aussi réels... que les décors du parc ? Je sentis mon sang se retirer. Est-ce que je voyais cette bâtisse et ses fantômes parce que j'étais médium ?

Mon regard courut sur le manoir. Malgré mon oppression, je le trouvai touchant, avec ses tourelles mystérieuses, ses fenêtres à meneaux, son toit un peu affaissé, comme un vieux monsieur, et même son étrange escalier qui contraignait à entrer par l'étage... Pour éviter le bas ! Car sous le niveau du hall, on voyait un alignement de fenêtres, toutes murées. Et une porte, à la base de la tourelle, condamnée aussi.

Je remarquai alors que le manoir semblait petit, et pourtant, quand on était dedans, les couloirs s'étiraient interminablement. Il était beaucoup plus grand à l'intérieur qu'il ne le paraissait de l'extérieur !

Certaines choses me dépassaient encore, mais je voyais ce que les autres ne voyaient pas, et cela me donnait un certain pouvoir. Et puis j'avais la chance de pouvoir échanger aussi bien avec les vivants qu'avec les morts !

Ces réflexions me ramenèrent très vite à Cléa – ce qui, à vrai dire, n'était pas difficile, elle ne quittait guère mon esprit. Comment l'amener à saisir la vraie nature de ces lieux ?

Peut-être en lui faisant remarquer que certains d'entre nous semblaient ne pas manger. Je glisserais ensuite sur le ton de la plaisanterie que c'était à se demander s'ils étaient de chair et de sang, puis je laisserais l'idée faire son chemin. Cléa ne comprendrait pas tout de suite l'ampleur du problème, parce que les pensionnaires qui mangeaient avec nous continueraient à passer à ses yeux pour des vivants.

Oui, y aller peu à peu, commencer par générer le doute...

Seulement les choses ne se déroulèrent pas du tout comme je l'avais prévu.

# 44

Cléa s'était inquiétée de ne pas me voir au petit déjeuner, mais Raoul lui avait appris que j'étais sorti. Comment il était au courant, ça...

En tout cas, j'en déduisis qu'il ne m'était plus interdit de quitter le manoir. Mes raisons étaient sans doute « bonnes ».

Je ne racontai pas à Cléa pour le poison, appelant « somnifère » ce qu'elle avait bu. Je ne lui avouerais la vérité que lorsqu'elle aurait compris sa situation réelle. J'abordai donc mon programme de révélations par :

– Tu as remarqué que Christophe ne vient jamais au restaurant ? Ni Christine. C'est bizarre, non ?

Elle me jeta un regard en coin :

– Si c'était la seule bizarrerie... Par exemple, on a tous des repas différents, et toujours avec des choses qu'on aime. Comment fait Raoul ? Surtout qu'il assure à la fois la cuisine et le service.

– Comme majordome, il est très fort...

J'avais prévu de l'intriguer par mes questions, mais c'est elle qui m'intrigua. Je ne voyais soudain à ce mystère qu'une seule explication : la nourriture était imaginée par l'esprit des morts. Comme le décor du parc, comme le manoir !

Sauf pour moi. Parce que moi, j'avais vraiment besoin de manger.

– Chaque fois que j'ai envie de quelque chose, ajouta Cléa, je l'ai. Rien besoin de commander.

Je suggérai :

– Tu penses sans doute à un plat parce que tu as perçu inconsciemment les odeurs de cuisine.

– Tu crois ? On devrait faire un test. On pense à ce qu'on voudrait manger à midi. Raoul a le temps de le préparer...

Pourquoi pas ? Ce serait une occasion de savoir si le majordome préparait mes plats selon les instructions de mes parents... ou s'il prévenait juste mes désirs, car il avait un don étonnant pour lire en moi.

Je fermai les yeux et pensai : « potée aux choux ». Un plat qui tranchait tant avec mes habitudes que mes parents ne l'avaient sûrement pas mentionné.

On avait hâte de voir le résultat. Enfin, à l'heure de descendre manger, il me vint une autre idée : choisir ce que je détestais le plus. Et là, même s'il lisait en moi, Raoul n'aurait pas le temps de le préparer. Je le prenais en traître ! Je pensai à du boudin noir et des poireaux vinaigrette.

Deux minutes plus tard, je m'asseyais devant une assiette de... boudin noir et poireaux vinaigrette.

– Ouah ! lâcha Cléa en contemplant son os à moelle et ses carottes. Raoul est télépathe !

Moi, je restai muet, complètement oppressé.

Du coup, je ne dis rien à Cléa concernant les fantômes. J'avais les idées en vrac.

L'après-midi, au lancer de javelot, Léonidas me trouva mou et se moqua gentiment de moi. L'anxiété me rongeait. Trop de choses m'échappaient.

– Ça ne va pas ? me demanda Cléa.

– Si si, pas de problème.

Je ne sais pas si elle fut dupe.

Je tournais en rond dans ma tête. Rien n'était normal ici, même pas le climat. On était en hiver, et on ne sentait pas la fraîcheur. On pouvait penser que c'était à cause de l'atmosphère, seulement, en ville, je n'avais pas eu froid non plus, alors que la bibliothécaire était en manteau et le peintre en gros blouson.

Me voyant à côté de mes pompes, Léonidas proposa qu'on fasse juste trois stades, ce qui, en mesure grecque, correspondait à un peu moins de six cents mètres.

Pendant qu'on longeait la mer, Cléa me fit remarquer :

– Tu as vu ? Les bouées ont disparu.

Normal, elles étaient l'œuvre des criquets. Leur dernier bon souvenir.

Je regardais la mer. Mon trou à crevettes, lui, était bien visible.

Je m'arrêtai net. La première fois que j'étais venu, je ne l'avais d'abord pas aperçu et j'avais cru que c'était parce que la mer était haute. Mais depuis, je l'avais toujours vu découvert. Il n'y avait pas de marées, ici !

Léonidas me cria :

– Déjà fatigué, Liam ?

Et je savais qu'il faisait des efforts pour ne pas me secouer les puces.

Cléa s'inquiéta :

– Tu ne te sens pas bien ?

– Si si, je pensais à un truc...

Et je repartis avec elle.

Que manigançait le docteur Roy ? Pourquoi menais-je la même vie que les fantômes ? Voulait-il me garder ici parce que j'étais le seul à pouvoir consulter la carte ?

Mais je n'allais pas me laisser faire. J'avais ma liberté et j'y tenais ! Il ne pouvait rien contre ça. Et le taxi me ramènerait chez moi si je le voulais et quand je le voudrais !

Après le sport, je descendis au bureau.

– Qu'est-ce qui t'amène, Liam ?

Le médecin-chef semblait détendu. Moi pas. Je bougonnai :

– Ce qui m'amène... ? Des choses que je ne comprends pas.

– Si nous comprenions tout..., soupira-t-il.

Les généralités m'agaçaient. Je repris :

– Puisque je suis vivant, pourquoi est-ce que je crée des décors dans le parc, comme les autres ?

– Pourquoi ? me répondit-il en bon psy qu'il était. Quel est ton avis sur la question ?

– Mais je ne comprends pas, justement ! Et je mange ce qui me vient à l'esprit alors que Raoul ne peut pas avoir eu le temps de le préparer. Or j'ai besoin de vraie nourriture !

Le docteur Roy me répondit :

– Un vivant a en effet besoin de véritables aliments.

– C'est ce que je dis !

Son visage m'inquiéta au plus haut point. J'insistai :

– Je ne suis pas l'un de vous, je suis différent, vous le savez ! Dehors, les gens me voient, m'entendent, me parlent ! (Je criais presque.)

– Différent, c'est vrai, reconnut Roy. J'ai été surpris de ta consistance. Je pense que c'est à cause de ton traitement.

– Qu'est-ce que... vous voulez dire ?

– Ton traitement, les irradiations...

Je continuais de le fixer avec sidération. Puis je ricanai :

– Comme les fruits qu'on soumet à un rayonnement ionisant pour qu'ils se conservent mieux. Vous vous fichez de moi !

Il me regarda avec une certaine compassion :

– Que me fais-tu, Liam ? Si tu es venu me voir, c'est que tu as été saisi par le doute bien avant d'entendre ce que je suis en train de te dire.

Je ne voulais pas y croire ! Je ne voulais pas y croire ! Je trouvai la faille :

– Vous m'avez dit que j'étais le seul capable d'actionner la bande-temps de la carte parce que j'étais vivant.

– J'ai dit que, d'ordinaire, les morts ne peuvent pas l'actionner.

Je m'emportai :

– Ne jouez pas sur les mots ! Vous n'avez pas dit « d'ordinaire » !

– Liam...

Il avait un air de commisération qui m'énerva au plus haut point. Je finis par ricaner :

– Bon... Eh bien on va voir. Vous ne pouvez pas actionner la bande du temps, mais vous pouvez regarder !

Je passai dans la salle de la carte et j'affichai d'une main experte la date de mon arrivée au manoir :

– Vous voyez, là, je suis à l'hôpital, sur mon lit, mais je suis habillé pour sortir. J'attrape ma valise par terre... Vous le voyez, ça !

– Oui... Je suis un peu pressé, excuse-moi. Tu me raconteras.

Et il sortit !

# 45

Sur l'écran, je m'étais rallongé pour reprendre mon souffle, la valise près de moi, serrant sa poignée. À cette époque, j'étais très faible. J'avais demandé qu'on m'aide à m'habiller parce que rester en pyjama me donnait l'impression d'être encore plus malade.

Je demeurai immobile le temps de reprendre des forces. Je ne me souvenais pas que j'étais aussi fatigué, l'air d'ici m'avait tellement revigoré ! Sans même ouvrir les yeux, je ramenai ma valise sur mon ventre et la retins de mon autre bras. Je rêvais tant du jour où je la remplirais pour quitter à tout jamais cet hôpital ! Une nouvelle fois, je m'immobilisai.

Ma mère s'était assoupie dans un fauteuil, elle avait dû me veiller toute la nuit. Je la vis soudain ouvrir les yeux, l'air un peu effrayée, comme si elle craignait d'avoir raté quelque chose. Puis elle se leva d'un bond.

Mon père arriva alors dans mon champ de vision. Il se précipita vers elle et la rattrapa au moment où elle s'effondrait. Il l'assit sur le fauteuil. Elle semblait sans connaissance. Il posa un baiser sur son front, un baiser léger, comme pour ne pas la tirer de son évanouissement, et murmura des mots que je lus sur ses lèvres :

– Il a fini de souffrir.

Puis il s'approcha de mon lit. Je vis alors son visage : il était bouleversé, les larmes ruisselaient sur ses joues. Je n'avais jamais vu mon père pleurer, et ça m'atterra.

Il essaya de retirer avec douceur la valise de mes mains, mais j'y étais désespérément accroché. Elle représentait pour moi la guérison, mon départ de l'hôpital !

Les larmes me vinrent aux yeux aussi. Je me mordis furieusement les lèvres. J'étais... parti... comme ça ?

Mon père renonça, lâcha la valise et posa sa main sur la mienne. Et ses lèvres murmurèrent :

– Bon voyage.

Je restai un moment sonné, hésitant entre douleur et colère.

Je ne sais combien de temps passa, puis je pris conscience que je respirais, que je sortais de ma torpeur. J'étais parti. Comme ça...

En allant voir mon petit frère, j'avais dû le terrifier. Parce que, lui, il connaissait la vérité ! J'espérais juste que m'avoir vu le consolerait quand même un peu : il savait que je survivais quelque part. Je me souvins de ses paroles. Mes parents lui avaient dit que je ne bougerais pas de là où j'étais jusqu'à ce qu'ils me rejoignent... Tout prenait soudain son véritable sens. Et je saisissais pourquoi la vision de mes parents dans le jardin m'avait serré le cœur : maman était d'une grande tristesse, daddy accablé. Ils n'arrivaient pas à se remettre de mon départ.

Et Tom, qui m'avait paru si mûr... Pauvre gosse ! Un cruel coup du sort l'avait fait grandir trop vite.

C'était leur tourment qui m'était le plus difficile à supporter. Ma mort leur avait infligé une telle souffrance !

Non, c'était plutôt ma maladie qui avait été pour eux une terrible souffrance. Mon départ, lui, je l'espérais, avait été tempéré par un souffle de douceur. « Il a fini de souffrir », avait dit mon père. C'est à cette pensée qu'ils devaient se raccrocher.

Mon désarroi s'atténuait. Roy avait eu raison : en réalité, je savais déjà... Je lui étais reconnaissant de m'avoir laissé seul avec mon passé. J'aurais besoin d'en parler avec lui, mais pas tout de suite.

Ma fiche, dans le classeur avait une bordure rouge... parce que je PARAISSAIS vivant.

Et ceux qui connaissaient la situation depuis le début – Léonidas, Christophe, Christine – ne m'avaient rien dit !

Comme je n'avais rien dit non plus aux autres.

Mes yeux revinrent vers la carte. J'étais agrippé à ma valise aussi fort qu'à mon refus de mourir. C'est pourquoi elle était ici.

Daddy me quitta un instant pour aller à sa sacoche, puis il revint avec un feutre, se pencha et écrivit sur un côté de ma valise « Yadatdysr » et sur l'autre « Tepetralp ».

Ça alors... Les inscriptions, c'était lui !

Il se redressa et murmura quelque chose que je ne compris pas. Puis il dit une autre phrase et, là, je réussis à lire sur ses lèvres :

« Tu es poussière et tu retourneras à la poussière. »

Une phrase de la Bible qu'il citait souvent pour parler de la vanité des choses de ce monde, signifier que l'homme n'était que de passage sur Terre et qu'il ne devait pas s'y attacher...

Ce fut une révélation. « Tepetralp », c'était ça ! « Tu es poussière et tu retourneras à la poussière » ! Il avait voulu me faire un dernier clin d'œil en imitant ma manie de réduire les phrases aux premières lettres des mots : « Fpp » pour « Faut pas pousser » ou « Éunp » pour « Écoute un peu ».

Quant à « Yadatdysr », je n'eus pas à chercher longtemps. C'était la même phrase, dans sa langue natale. « You are dust and to dust you shall return. » J'étais reparti avec ma double nationalité.

J'avais eu raison de penser que ces mots étaient la clé de ma présence ici. Si je les avais compris, ils m'auraient éclairé plus tôt.

Je me forçai à me détendre muscle par muscle, comme pendant ma maladie. Puisque tout était fini, qu'on ne pouvait plus rien y changer, il fallait s'en accommoder. Celui qui avait programmé l'ordinateur du monde n'avait pas prévu de touche « Annuler ». Et puis j'avais une belle consolation, qui s'appelait Cléa, preuve que le concepteur du programme n'avait pas trop loupé le boulot. Si nous étions restés en vie, je ne l'aurais sans doute jamais rencontrée.

Et de quoi avais-je à me plaindre ? Mes facultés faisaient de moi une passerelle entre les deux mondes, je serais messager, détective, et bien autre chose. Mille possibilités s'offraient à moi !

Mon regard revint vers la carte. Mes parents se serraient l'un contre l'autre, tentant de se soutenir. Mais ils ne pouvaient s'empêcher de sangloter, et ça me brisait le cœur. J'avançai doucement la main. Je ne savais pas ce que je voulais faire, la leur poser sur l'épaule, les consoler, leur dire…

Mes doigts s'enfoncèrent dans la carte.

# 46

Quand je revins dans la pièce, le docteur Roy fixait la carte d'éternité d'un air si atterré qu'il sursauta quand je réapparus. Il ne sut que bredouiller :

– Qu'est-ce... ? Tu es allé...

Je lui souris. Je me sentais incroyablement apaisé. Reprenant des mots qu'il m'avait dits, je répondis d'un ton mi-paternel mi-moqueur :

– Que me faites-vous, docteur Roy ? On croirait que vous avez vu un fantôme !

Ça lui décrocha dans l'œil une petite lueur de gaieté :

– J'avoue que j'ai eu un peu peur...

– De quoi ?

– Que tu ne reviennes pas. C'est que tu nous laisserais un grand vide. Nous avons besoin de toi, ici !

Je ne pus m'empêcher de rire. Il reprit d'un air soupçonneux :

– Tu es allé voir tes parents, n'est-ce pas ?

Oui. Je n'avais pas résisté. J'étais retourné dans la chambre d'hôpital. Et je n'arrivais pas à le regretter. Peut-être que mes parents n'y croiraient pas tout à fait, peut-être qu'ils s'imagineraient avoir rêvé, mais c'était sans importance, ma visite leur avait fait beaucoup de bien. Je leur avais parlé de Léonidas, de Raoul, du docteur Roy, et évidemment de Cléa. Surtout de Cléa. Ils étaient rassurés pour moi. Heureux que j'aie trouvé le bonheur, même si c'était en les quittant. En tout cas, quand j'étais reparti, ils souriaient à travers leurs larmes.

– Tu ne m'as pas répondu, Liam, insista le docteur Roy.

– Vous connaissez la réponse, non ?

– Je le craignais, oui… Et j'ai une chose à dire : ne refais jamais ça ! Ce serait un danger pour eux comme pour toi. Pour eux parce que tes réapparitions les empêcheraient de reprendre une vie normale, pour toi parce que tu n'arriverais plus à trouver ta place, ni dans ce monde ni dans l'autre.

Je ne répondis pas. Il avait sans doute en partie raison, mais il ne me ferait pas regretter. Je me sentais si soulagé d'avoir revu mes parents, de leur avoir parlé. Et maintenant, ils ne se représenteraient plus mon corps en cendres, ils le verraient rayonnant quelque part, pas seulement dans leur cœur.

– Ne vous en faites pas, dis-je, je sais où est ma place. Et puis, enquêteur privé spécialisé dans les fantômes, c'est ce que j'ai toujours voulu faire !

Je ris, et lui aussi. Puis une pensée me vint :

– Mais alors, Raoul... Est-il aussi un fantôme ?

Bon sang ! Raoul le « télépathe » ! Son langage, sa manière d'être d'un autre temps... J'aurais dû m'en douter ! En affirmant que ce manoir lui appartenait, il voulait dire qu'il était son RÊVE !

Le docteur Roy acquiesça :

– Raoul, comme moi, a choisi de rester. Il a servi toute sa vie, il a du mal à se remettre d'être mort un soir de réception, à un moment où ses maîtres avaient tant besoin de lui. Il veut continuer de se rendre utile.

Mon estime pour le majordome remonta d'un cran. Je secouai la tête :

– Vous vous êtes bien fichus de moi ! Raoul « pas assez technique », « pas assez courageux » pour entrer dans la carte...

– Nous nous sommes contentés de ne pas te détromper, protesta le docteur. Tu te croyais encore vivant et tu avais besoin que Raoul le soit aussi.

Il n'avait pas tort. Je m'étais voilé la face tout seul. Il ajouta :

– Et note que nous ne t'avons jamais menti. Raoul n'a pas l'esprit assez aventurier pour manipuler la carte s'il le pouvait.

Je grommelai :

– Ouais... Vous avez quand même le don pour les phrases à double sens !

Et on rit de nouveau. Puis Roy vérifia :

– Donc, c'est décidé. Bien que tu saches tout, tu restes avec nous...

– Je n'ai rien eu le temps de faire dans ma vie, ce n'est pas pour aller me reposer dans ma mort.

Le médecin-chef cligna des yeux.

– Je suis fier de toi, Liam.

Et je sentis qu'il m'aurait volontiers tapé sur l'épaule.

Il sortit en disant qu'il allait prévenir Raoul, et je tournai une dernière fois la tête vers la carte. Curieusement, elle était restée figée sur ma chambre d'hôpital, comme si elle voulait me montrer quelque chose.

Mon père était de nouveau penché sur moi ! Il écrivait au feutre... sous la poignée de ma valise !

La carte revint d'un coup sur le présent, et un poids me tomba sur le cœur. J'avais définitivement quitté mes parents.

Je m'éloignai avec lenteur.

Ce n'est qu'arrivé dans le hall que je remis les pieds sur terre. Et je me dépêchai de gagner ma chambre.

Ma valise, la poignée... Il y avait bien là des mots écrits, que je n'avais pas vus. Trois. Dont deux me suffoquèrent : « Liam de Falestan ».

Ça alors...

Mais qu'est-ce que ça voulait dire ? « Liam de Falestan ». Est-ce que ce serait... mon vrai nom ?

De ma vie, je ne l'avais jamais entendu ! Je serais un enfant adopté ? Et mes parents ne me l'auraient pas dit ?

Ou alors c'est eux qui avaient changé de nom, pour une raison que j'ignorais.

En tout cas, mon père avait voulu me rendre ma véritable identité au dernier moment. Et si ça lui avait paru important, c'était important. Ce qu'il n'avait jamais pu me révéler dans ma vie, il me le révélait dans ma mort.

Je restai un peu groggy.

Peut-être que j'avais toujours senti qu'il y avait un mystère autour de moi, peut-être que c'était pour ça que j'avais voulu devenir détective.

Je repensai alors à Cléa. L'énigme « Falestan » était intrigante, mais elle n'avait pas le caractère d'urgence de son problème à elle. Si elle pouvait y faire face, elle cesserait de souffrir... et finirait peut-être par vraiment me voir.

Comme quoi, la petite touche d'égoïsme n'était jamais loin.

Le cœur battant, je frappai à sa porte et lançai d'un ton volontairement gai :

– Cléa ! Tu es prête ?

– Entre, cria-t-elle. J'en ai pour une minute.

En ouvrant la porte, j'entendis le *la* triste de son peigne. Elle se coiffait.

Il y avait du changement dans sa chambre : le piano était mis en valeur, coupant un angle de la pièce, et la fenêtre libérée de son curieux décor.

– L'araignée n'est plus là ?

– Non, répondit Cléa. Elle est repartie, parce que je n'avais plus besoin d'elle.

Devant mon air sidéré, elle ajouta :

– Elle était venue me consoler, tisser sa toile pour que je m'y accroche. (Elle me regarda d'un air embarrassé avant de reprendre.) Elle m'a quittée trop tôt, et elle voulait m'aider dans un moment pénible de ma vie.

– Euh... L'araignée ?

– C'était ma mère.

– Mais Cléa, ta mère est... morte.

Elle sourit avec une pointe de tristesse :

– Et tu n'avais pas remarqué que l'araignée était un fantôme ?

Si, je l'avais compris depuis longtemps, sans penser pourtant qu'une âme humaine pouvait passer dans un corps d'animal.

– C'est que..., dis-je, je croyais que tu l'ignorais.

– Tu me prends vraiment pour une imbécile ! Elle ne mangeait pas, il n'y a aucun insecte ici !

Oui... Pourquoi avais-je l'impression que j'étais le seul à me poser des questions ? Et si l'araignée était vraiment la mère de Cléa, cela voulait dire que des âmes pouvaient revenir de l'au-delà longtemps après leur mort. Je préférai insister sur le côté positif de la séparation :

– Si elle est repartie, c'est que tu te sens mieux...

– Oui. Grâce à elle. Et aussi à toi.

Mon cœur se gonfla.

Elle ne le laissa pas exploser, elle reprit :

– Léonidas nous attend. Dépêche, sinon on va encore se faire traiter de feignants.

Elle me regarda avec une complicité amusée. Mais juste de la complicité. Je n'étais que sa béquille...

# 47

Léonidas n'était pas du genre à s'ennuyer en nous attendant. Il enchaînait à la nage les traversées de la crique avec une telle énergie qu'on aurait cru qu'il franchissait le golfe de Corinthe à la poursuite de l'ennemi.

La mer faisait-elle partie du décor naturel ? Je ne l'avais pas aperçue depuis la ville, ni sentie. Pourtant, l'odeur de la mer, je la connaissais bien.

Cléa la contemplait en frottant distraitement sa cicatrice avec son index. Je plaisantai :

– Quand tu te frottes le nez, c'est que tu réfléchis.

Elle me regarda avec un peu d'inquiétude :

– Il est moche, hein ?

– Quoi ?

– Mon nez ! Avec cette marque en creux...

– Tu te moques de moi, là, elle est super !

Et même, j'en étais très amoureux, peut-être encore plus que de tout le reste.

Elle prit un air incertain :

– Cette cicatrice m'a toujours donné des complexes.

Incroyable ! Je protestai :

– Si tu avais des cheveux filasse comme les miens, je comprendrais que tu aies des complexes.

– Filasse ? Ils sont d'un blond craquant, et ils rendent super bien en queue-de-cheval. J'aurais aimé avoir les mêmes !

On ne put s'empêcher de rire.

Puis elle détourna les yeux pour suivre les exploits de Léonidas et reprit enfin d'une voix retenue :

– Tu sais, Liam, il y a longtemps que je me demande pourquoi je suis ici dans des vêtements qui ne m'appartiennent pas.

– Comment ça, *ils ne t'appartiennent pas* ?

– Tu vois bien qu'ils sont trop grands, et que ce sont des vêtements d'homme.

J'aurais dû y penser. Le détective, c'était moi ! Je ne vis pourtant pas où elle voulait en venir. Elle reprit :

– Cela signifie qu'on m'a amenée ici directement de ma prison. (Elle me lança un regard tourmenté.) DIRECTEMENT, tu saisis ? En taxi.

– Oui… ? fis-je sans comprendre.

– J'étais très faible, évanouie… et on me met, seule, dans un taxi ? Même pas une ambulance. Sans que mon père m'accompagne et sans qu'il pense à fournir des vêtements qui m'appartiennent. Tu ne trouves pas cela étonnant ?

– Si…, soufflai-je, suspendu à ses paroles.

– Et la police ne m'interroge pas !… Sans compter tout le reste. (Elle baissa la voix.) Nous vivons dans un univers créé par notre esprit, un décor imaginaire… (Elle désigna le parc d'un geste de la main.) Des ALIMENTS imaginaires. Comment est-ce possible ?

Je tentai de sourire :

– On dirait que nous sommes de purs esprits…

Elle examina mon visage comme si elle voulait y lire mes pensées, puis elle me fit signe de la suivre.

Moi, je songeais au taxi… C'était le même qui avait amené ici Cléa, Qui-se-la-joue et moi. Si j'y avais prêté attention avant, j'aurais compris depuis longtemps ! Car un taxi qui prend en charge des fantômes ne peut être conduit que par un fantôme. Et, en conséquence, il ne peut pas transporter de vivants.

Bien sûr ! La Porsche – et avant elle la Renault des criquets – sortait de l'imagination de ce passionné de voitures qu'était le chauffeur roux.

Me revint alors une chose étonnante qu'il m'avait dite en m'emmenant à la médiathèque : « Quand quelqu'un se peigne d'aussi bonne heure, c'est qu'il veut sortir. » Percevait-il la musique du cristal ? Une note différente pour chacun de nous, puisque Cléa n'avait pas la même que moi. Assez logique pour un homme capable de reconnaître une voiture à son seul bruit.

Et s'il fermait la vitre entre le passager et lui, c'était de peur de véhiculer par erreur un fantôme gris. Les autres, ceux qui avaient de toute évidence perdu leur âme, venaient en fourgon grillagé.

Un taxi des morts invisible dans le monde des vivants... Entrer dedans me rendait sans doute invisible aussi mais, quand j'en sortais, on me voyait, c'est pourquoi il me faisait descendre dans des endroits discrets, pour que je n'aie pas l'air de surgir de nulle part.

Cléa s'était arrêtée à l'ancien emplacement de la cheminée et me désignait les lys. Ils étaient devenus rouges !

– Les blancs, dit-elle, ça faisait un peu mortuaire. C'étaient ceux de ma tombe. Je les préfère couleur de coucher de soleil.

Ouh... Un long moment, on resta sans rien dire. Enfin elle me demanda avec prudence :

– Et toi, que penses-tu de ta situation ?

Sa question remua en moi des sentiments mitigés. J'étais de nouveau dans une grande incertitude. Finalement, je souris :

– Yadatdysr. *Tu es poussière et tu retourneras à la poussière*. (Je pris un ton narquois, pour ne pas lui montrer que j'étais sérieux.) Mais on est ensemble, ça console, non ?

J'avais bien fait de prendre un ton de plaisanterie, car elle n'attacha aucune importance à ma dernière phrase, son regard s'était échappé. J'en ressentis une brûlure.

Je tentai de me raisonner. Il était très difficile pour elle d'accepter la vérité : en comprenant qu'elle était morte, elle avait aussi compris que celui qui l'avait enlevée l'avait tuée. Et elle ne pourrait pas retrouver la paix tant qu'elle ne saurait pas qui lui avait ôté la vie. Autour d'elle comme de moi, il restait des mystères à éclaircir. Avec la différence que, moi, je ne souffrais plus, j'étais même heureux d'être là.

Elle, en revanche... Oui, je devais l'aider, reprendre mon enquête. Même au risque de la voir s'évaporer comme André. Je l'entendis murmurer :

– Pour mon père, c'est terrible...

Je tendis la main vers la sienne. Elle ne le remarqua pas, mais moi, je le jure, j'eus l'impression de sentir sa peau. Après tout, dans cette atmosphère *si particulière*, l'imagination avait tous les droits !

Retrouve Liam et Cléa
dans

# LE MANOIR

2

## Cléa et la Porte des fantômes

*Cet ouvrage a été mis en pages*
*par DV Arts Graphiques à La Rochelle*

*Impression réalisée par*

CPI
BRODARD & TAUPIN

*La Flèche*

*en juin 2014*
*pour le compte des Éditions Bayard*

*Imprimé en France*
N° d'impression : 3006153